Edgar Allan Poe

Los extraordinarios casos de monsieur Dupin

Grupo Editorial Multimedios
MILENIO MILENIO DIARIO DE MONTERREY
Público LA OPINION EL DIARIO DE TAMPICO

Colección Millenium
las 100 joyas del milenio

Los extraordinarios casos de monsieur Dupin
Títulos originales:
The Murders in the Rue Morgue,
The Mystery of Marie Rogêt,
The Purloined Letter
Traducción de Domingo Santos

Diseño cubierta e interiores:
ZAC diseño gráfico
Ilustración:
Toño Benavides

Impresión y encuadernación:
Printer, Industria Gráfica, S. A.
ISBN: 84-8130-119-1
Dep. Legal: B. 22.231-1999

Edgar Allan Poe

Los extraordinarios casos de monsieur Dupin

Traducción de Domingo Santos

Prólogo de Gonzalo Suárez

Prólogo

GONZALO SUÁREZ

*Poe nació en Baltimore en 1813. Pero no murió. Goza del dudoso privilegio de haber sido adoptado por una veleidosa matrona: la posteridad. Lo meció en sus brazos hasta nuestros días, pero no siempre se mostró maternal. Inicialmente, seducida e incestuosa, le proporcionaba a su hora el biberón de gloria, o de bourbon, tanto da, hasta que, cansada de acunarlo en su regazo, dejó de ser la madre protectora para abandonarlo a la merced de la marejada de las modas. Hubo quien dijo entonces (*Poe par lui même, *Ed. du Seuil, París) que Edgar Allan Poe era sólo un autor para niños. Tamaño imbécil de cuyo nombre no quiero acordarme ignoraba que los genios siempre son niños, niños borrachos para más señas, y que únicamente los niños y los borrachos dicen lo que sienten. O sea, la verdad, Edgar Allan Poe tenía eso que nuestro Claudio Rodríguez ha dado en denominar el* don de la ebriedad. *Una suprema lucidez que sólo los místicos y los poetas, valga la redundancia, alcanzan. Poe era un poeta, su propio nombre casi lo enuncia. Y su misticismo, revestido de cosmogonía, deviene lógica fulgurante remando entre la intuición y el intelecto, para convertirse en auténtica aventura de narrador. Penalizar a Poe, como a Stevenson, por su inocencia, es una burda manera de tratar de conjurar, en vano, el vértigo que suscita en los que, borrachos o no, todavía perseguimos al niño que un día fuimos para volver a formular las preguntas a las que nuestros mayores nunca respondieron y experimentar los miedos que ellos, hipócritamente, fingían haber superado. La carta que buscamos está sobre la mesa, y en este libro, pero el sobre sigue cerrado. Nadie osará abrirlo porque contiene un secreto que puede acarrear la destrucción. Ésa es la causa de nuestro muy racional terror. Y también el desafío.*

De la imaginación nos empecinamos en apreciar solamente lo que consideramos ingenioso y nos apresuramos a relegarla al mundo de la fantasía sin comprender hasta qué punto es la única herramienta de que disponemos para atisbar la realidad. Hasta los científicos la utilizan vergonzosamente, sin nunca nombrarla. Tarde nos sorprendemos de que Frankenstein, *por ejemplo, haya cobrado carta de existencia. Pues bien, los relatos de Edgar Allan Poe no son pirotecnia literaria y su vigencia necesita ser reivindicada, redescubierta diría yo, espabilando la memoria, como en su día lo fue por Charles Baudelaire, su hermano francés, que nos reveló el abismo de su mirada. Una mirada compartida por ambos. Basta confrontar sus retratos. Nacidos para conocerse sin encontrarse, y no por etílicas coincidencias, sino porque proyectaban la misma sombra, desde diferentes continentes. Lo que demuestra que los nexos no son únicamente genéticos, como ahora creemos. Y las distintas patrias de origen son también lo de menos. Baudelaire se reconoció en Poe como en un espejo. Y de él nos habla como de un sí mismo y nos dice las cosas que de sí hubiera querido oír. Proclama su amor a la belleza y el genio* muy especial *que le permite abordar, de forma impecable e implacable, terrible por consiguiente,* la excepción en el orden moral. *Y lo exalta como el mejor escritor que jamás haya conocido. No exagera. Lo sabe y confirma como cosa experimentada en su interior que no requiere parámetros establecidos ni salvoconductos culturales. Destaca el ardor con el que Poe se zambulle en lo grotesco por amor a lo grotesco y en lo horrible por amor a lo horrible, lo que verifica la sinceridad de su obra y la imbricación del hombre con el poeta. Ensalza la voluptuosidad sobrenatural que el hombre experimenta al ver correr su propia sangre, las repentinas sacudidas, inútiles y violentas, los gritos lanzados al aire, sin que el espíritu haya impelido al gaznate. A Poe le gusta agitar sus figuras sobre fondos violáceos y verdosos en los que se revela la fosforescencia de la podredumbre y el olor de la tormenta. Eleva su arte a la altura de la gran poesía, concluye. Y pierde la compostura, delatándose, cuando nos habla del opio que dota de sentido mágico a las bocanadas de luz y color que hacen vibrar los ruidos con significativa sonoridad. Baudelaire, no cabe duda, ha hecho, por derecho, de Poe su propia experiencia y la expresa con la desfachatez y vehemencia del artista que se sumerge de rondón en las profundidades desdeñando las apariencias. Hoy sonará a vacua retórica a los que sólo sean capaces de percibir el eco de su muy postmoderna vacuidad. Pero Baudelaire era, y es, Baudelaire. Y nosotros, mal que nos pese, sus herederos. No podremos zafarnos de Poe, por digerido que haya sido, con el subterfugio del ninguneo, palabra de moda, ni la irrisión, actitud tarantinesca con la que creemos soslayar la soledad. Navegamos en el mismo barco. Rumbo a lo desconocido. También somos él. Y podríamos hacer nuestra la exclamación de otro hermano maldito, Guy de Maupassant, cuando en presencia de su doble profiere: ¡Existe únicamente porque estoy solo!*

Disfrutemos de la lectura de estos cuentos de Edgar Allan Poe para sentirnos en inquietante y honrada compañía.

Edgar Allan Poe

Los extraordinarios casos de monsieur Dupin

Los crímenes de la rue Morgue

Qué canción cantaban las sirenas, o qué nombre adoptó Aquiles cuando se ocultó entre las mujeres, aunque son preguntas desconcertantes, no se hallan más allá de toda conjetura.

SIR THOMAS BROWNE

Los rasgos mentales considerados como analíticos son, en sí mismos, poco susceptibles de análisis. Los apreciamos tan sólo en sus efectos. Sabemos de ellos, entre otras cosas, que siempre son para su poseedor, cuando son poseídos en gran cantidad, fuente del más vivísimo goce. Del mismo modo que el hombre fuerte exulta en su habilidad física, deleitándose en los ejercicios que exigen que sus músculos se pongan en acción, igual se regocija el analista en esa actividad moral que *desentraña*. Deriva placer incluso de las ocupaciones más triviales que ponen en juego su talento. Le gustan los enigmas, los acertijos, los jeroglíficos; exhibe en sus soluciones a cada uno de ellos un grado de *agudeza* que a la gente le parece una penetración preternatural. Sus resultados, obtenidos por el alma y la esencia mismas del método, tienen en verdad el aire total de la intuición.

La facultad de resolución se ve posiblemente muy fortalecida por el estudio matemático, y en especial por esa muy alta rama de él llamada, injustamente y tan sólo en razón de sus operaciones previas, *par excellence*, análisis. Sin embargo, calcular no es en sí mismo analizar. Un ajedrecista, por ejemplo, hace lo uno sin tener que esforzarse en lo otro. De ello se deduce que el juego del ajedrez, en sus efectos sobre el carácter mental, está enormemente mal comprendido. No estoy escribiendo aquí un tratado, sino simplemente introduciendo una narración un tanto peculiar mediante observaciones muy al azar; en consecuencia, aprovecharé la ocasión para afirmar que los más altos poderes del intelecto reflexivo son más decididamente y más útilmente empleados en el ostentoso juego de las damas que en la elaborada frivolidad del ajedrez. En este último, donde las piezas tienen distintos y *extraños* movimientos, con variados y variables valores, lo que sólo es complejo se toma equivocadamente (un error en absoluto raro) por profundo. La *atención* es puesta aquí poderosamente en juego. Si flaquea por un instante, se comete un descuido, cuyo resultado es la pérdida de piezas o la derrota. Puesto que los movimientos posibles son no sólo muchos, sino complicados, las posibilidades de tales descuidos se multiplican; y en nueve de cada diez casos, es el jugador más concentrado antes que el más agudo el que gana. En las damas, por el contrario, donde los movimientos son *únicos* y tienen muy pocas variaciones, las probabilidades de inadvertencia se ven disminuidas, y puesto que la simple atención es comparativamente poco empleada, las ventajas obtenidas por cada parte lo son gracias a una *perspicacia* superior. Para ser menos abstractos, supongamos un juego de damas en el que las piezas estén reducidas a cuatro reyes y donde, por supuesto, no se espere ningún descuido. Resulta obvio que aquí la victoria puede ser decidida (si los jugadores están al mismo nivel) sólo gracias a algún movimiento *recherché*, resultado de algún intenso esfuerzo del intelecto. Desprovisto de los recursos ordinarios, el analista se introduce en el espíritu de su oponente, se identifica con él, y no raras veces descubre así, a la primera mirada, los únicos métodos (a veces absurdamente simples) por los cuales puede conducirle al error o llevarle a un cálculo equivocado.

Desde hace tiempo se conoce el *whist* por su influencia sobre lo que se denomina el poder de cálculo; y se sabe de hombres del mayor intelecto que obtienen un deleite aparentemente inexplicable en este juego, mientras desechan el ajedrez como una frivolidad. Sin duda no hay otro juego de naturaleza similar que despierte tanto la facultad de análisis como éste. El mejor ajedrecista de la cristiandad *puede* ser poco más que el mejor ajedrecista; pero la pericia en el *whist* implica la capacidad para el éxito en todas esas empresas más importantes en las que la mente lucha contra la mente. Cuando digo pericia, me refiero a esa perfección en el juego que incluye una comprensión de *todas* las fuentes de las que puede derivarse una legítima ventaja. Éstas no sólo son muchas, sino multiformes, y residen frecuentemente en rincones de pensamiento por lo demás inaccesibles a la comprensión ordinaria. Observar atentamente es recordar con claridad; y hasta este punto el ajedrecista concentrado se desenvolverá muy bien con el *whist*, puesto que las reglas de Hoyle (basadas en el mero mecanismo del juego) son en general suficientemente comprensibles. Así, tener una buena memoria retentiva y proceder según "el libro" son puntos generalmente considerados como la suma total del buen juego. Pero es en asuntos más allá de los límites de las meras reglas donde la habilidad del analista es puesta en evidencia. En silencio, hace todo un cúmulo de observaciones y deducciones. Lo mismo hacen quizá sus compañeros; y la diferencia en la extensión de la información obtenida reside no tanto en la validez de la deducción como en la calidad de la observación. El conocimiento necesario se refiere a *qué* observar. Nuestro jugador no se limita en absoluto; como tampoco, debido a que el objetivo es el juego, rechaza deducciones de cosas externas a él. Examina el semblante de su pareja, comparándolo cuidadosamente con el de cada uno de sus oponentes. Toma en consideración la forma de distribuir las cartas en cada mano; contando a menudo triunfo por triunfo, y tanto por tanto, a través de las miradas dirigidas por cada uno a su juego. Observa cada variación de los rostros a medida que avanza el juego, recogiendo gran cantidad de datos de las diferencias en la expresión de seguridad, sorpresa, triunfo o pesar. Por el modo de recoger una baza juzga si la persona que la recoge podrá hacer la siguiente. Reconoce la importancia de la carta que se juega por la forma en que es arrojada sobre la mesa. Una palabra casual o inadvertida; una carta que se cae o se da la vuelta accidentalmente, y la ansiedad o descuido con que se intenta evitar el que sea vista; la cuenta de las bazas, junto con el orden de su colocación; azaramiento, vacilación, ansiedad o temor, todo ello son indicaciones para su, aparentemente, intuitiva percepción del auténtico estado de las cosas. Una vez jugadas las primeras dos o tres vueltas, se halla en plena posesión del contenido de cada mano, y a partir de entonces deposita sus cartas con una precisión tan absoluta como si el resto de los jugadores tuvieran las suyas vueltas boca arriba.

El poder analítico no debe confundirse con la simple ingeniosidad, porque mientras que el analista es necesariamente ingenioso, el ingenioso es, a menudo, notablemente incapaz de análisis. El poder de construir o combinar, por el que normalmente se manifiesta la ingeniosidad, y al cual los frenólogos (creo que erróneamente) han asignado un órgano separado, considerándolo una facultad primitiva, ha sido visto con frecuencia en aquéllos cuyo intelecto bordeaba por lo demás la idiotez, hasta el punto de atraer la observación general entre los escritores dedicados a temas morales. Entre la ingeniosidad y la habilidad analítica existe una diferencia de hecho mucho más grande que entre la fantasía y la imaginación, pero con un carácter muy estrictamente análogo. De hecho, se descubrirá que los ingeniosos son siempre fantasiosos, y que el *auténtico* imaginativo nunca es otra cosa que analítico.

La narración que sigue se le aparecerá al lector como un comentario que ilumina las proposiciones que acabo de adelantar.

Durante la primavera y parte del verano de 18..., residiendo en París, conocí a un tal monsieur C. Auguste Dupin. Este joven caballero pertenecía a una excelente, de hecho ilustre, familia, pero por una variedad de acontecimientos adversos se había visto reducido a una tal pobreza que la energía de su carácter sucumbió bajo ellos, y dejó de luchar contra el mundo y de preocuparse en recuperar su fortuna. Por cortesía de sus acreedores, todavía estaba en posesión de un pequeño resto de su patrimonio; y, con los ingresos proporcionados por él, conseguía, mediante una rigurosa economía, atender a las necesidades de la vida, sin preocuparse por lo superfluo. De hecho, los libros eran su único lujo, y en París era fácil obtenerlos.

Nuestro primer encuentro tuvo lugar en una oscura biblioteca de la rue Montmartre, donde la coincidencia de que ambos fuéramos en busca del mismo volumen, muy raro y muy notable, nos puso en estrecha intimidad. Nos vimos luego con frecuencia. Yo me mostré profundamente interesado en la pequeña historia de su familia, que me detalló con toda la sinceridad con la que un francés habla de sí mismo. Me sorprendió también su enorme cantidad de lecturas y, sobre todo, me llegó al alma su ardiente fervor y la vívida frescura de su imaginación. Dados los fines que me habían llevado por aquel entonces a París, comprendí que mi asociación con un hombre así podía ser un tesoro inapreciable; y le confié con franqueza esa sensación. Finalmente, dispusimos vivir juntos durante mi estancia en la ciudad y, puesto que mis circunstancias mundanas eran algo menos embarazosas que las suyas, me permitió cubrir los gastos de alquilar y amueblar, en un estilo adaptado a nuestro más bien fantasioso y melancólico temperamento, una grotesca y destartalada mansión abandonada desde hacía tiempo a causa de unas supersticiones que no quisimos averiguar, y que parecía como si estuviera a punto de desmoronarse, en una parte retirada y desolada del faubourg Saint-Germain.

Si la rutina de nuestra vida en aquel lugar hubiera sido conocida por el mundo, hubiéramos sido considerados locos, aunque quizá locos de naturaleza inofensiva. Nuestra reclusión era absoluta. No admitíamos visitas. De hecho, la situación de nuestro retiro había sido cuidadosamente mantenida en secreto de mis antiguas relaciones; y habían pasado muchos años desde que Dupin había dejado de conocer o ser conocido en París. Existíamos sólo para nosotros mismos.

Una de las rarezas o fantasías de mi amigo (porque, ¿de qué otro modo puedo calificarlo?) era estar enamorado de la noche; y a esta *bizarrerie*, como a todas las demás, transigía yo tranquilamente, cediendo a sus caprichos con un perfecto *abandon*. La oscura divinidad no siempre podía estar con nosotros; pero podíamos falsificar su presencia. A primera hora de la mañana cerrábamos todos los recios postigos de nuestro viejo edificio; encendíamos un par de velas que, fuertemente perfumadas, arrojaban tan sólo los más débiles y fantasmagóricos rayos. Con su ayuda ocupábamos nuestras almas en sueños: leyendo, escribiendo o conversando, hasta que el reloj nos advertía de la llegada de la auténtica oscuridad. Entonces salíamos a la calle, cogidos del brazo, y seguíamos con los temas del día, o vagabundeábamos hasta lejos y en todas direcciones hasta última hora, buscando, entre las desordenadas luces y sombras de la populosa ciudad, aquella infinitud de excitación mental que la tranquila observación puede proporcionar.

En tales ocasiones no podía evitar el observar y admirar (aunque a causa de su intensa idealidad estaba preparado para esperarlo) una peculiar habilidad analítica en Dupin. También parecía deleitarse intensamente en este ejercicio —si no exactamente en su exhibición—, y no dudaba en confesar el placer que de ello derivaba. Alardeaba ante mí, con una leve risita, que la mayoría de los hombres, respecto a él, llevaban ventanas en el pecho, y seguía estas afirmaciones con directas y muy sorprendentes pruebas de este íntimo conocimiento acerca de mí. Su actitud en estos instantes era fría y abstracta; sus ojos mostraban una expresión vacua; mientras que su voz, normalmente con un intenso tono de tenor, ascendía hasta un tiple que hubiera sonado petulante de no ser por la forma deliberada y muy clara de su pronunciación. Observándolo en estas ocasiones, meditaba yo a menudo en la antigua filosofía del alma bipartida, y me divertía imaginando a un doble Dupin, el creativo y el analítico.

No hay que suponer, por lo que acabo de decir, que estoy detallando ningún misterio o escribiendo una novela. Lo que he descrito respecto al francés era simplemente el resultado de una excitada, o quizás enferma, inteligencia. Pero un ejemplo transmitirá mejor la idea del carácter de estas observaciones sobre el período en cuestión.

Una noche paseábamos por una larga y sucia calle, en las inmediaciones del Palais Royal. Puesto que ambos estábamos, al parecer, enfrascados en nuestros pensamientos, ninguno de los dos había pronunciado una sílaba desde hacía al menos quince minutos. De pronto Dupin rompió el silencio con estas palabras:

—Ciertamente, es un tipo demasiado bajo, y estaría mejor en el *Théâtre des Variétés*.

—No hay la menor duda —respondí maquinalmente, sin observar al principio (tan absorto estaba en mis reflexiones) la forma extraordinaria en que mi interlocutor se había hecho eco de mis reflexiones.

Un instante más tarde me recobré, y mi asombro fue profundo.

—Dupin —dije con gravedad—, esto está más allá de mi comprensión. No dudo en afirmar que estoy asombrado, y que apenas puedo dar crédito a mis sentidos. ¿Cómo es posible que supiera usted que yo estaba pensando en...?

Aquí hice una pausa, para asegurarme más allá de toda duda si él sabía realmente en qué estaba pensando.

—...en Chantilly —dijo—. ¿Por qué se detiene? Se estaba diciendo a sí mismo que este bajo individuo no era adecuado para la tragedia.

Aquél había sido precisamente el tema de mis reflexiones. Chantilly era un antiguo zapatero remendón de la rue Saint-Denis que, loco por el teatro, había querido representar el *rôle* de Jerjes en la tragedia de Crébillon de este mismo nombre, y había sido notoriamente satirizado por sus esfuerzos.

—Dígame, por el amor de Dios —exclamé—, el método, si es que hay alguno, por el cual ha conseguido sondear mi alma sobre este asunto. —De hecho, me sentía mucho más sorprendido de lo que estaba dispuesto a admitir.

—Fue el frutero —respondió mi amigo— quien lo llevó a usted a la conclusión de que el remendón de suelas no tenía la altura suficiente para Jerjes *et id genus omne*.

—¡El frutero! Me asombra... No conozco a ningún frutero.

—Sí, ese hombre con el que tropezó cuando entramos en la calle..., puede que haga unos quince minutos.

Entonces recordé que, en efecto, un frutero, llevando sobre

su cabeza un gran cesto de manzanas, había estado a punto de derribarme, por accidente, cuando pasábamos de la rue C... a la callejuela donde estábamos ahora; pero lo que no podía entender era qué tenía que ver aquello con Chantilly.

No había ni una partícula de *charlatanerie* en Dupin.

—Se lo explicaré —dijo—, y para que pueda comprenderlo claramente, primero seguiremos hacia atrás el rumbo de sus meditaciones desde el momento en que yo le hablé hasta el de la *rencontre* con el frutero en cuestión. Los principales eslabones de la cadena son: Chantilly, Orión, doctor Nichols, Epicuro, estereotomía, los adoquines de la calle, el frutero.

Hay pocas personas que no se hayan entretenido, en algún período de sus vidas, en recorrer a la inversa los pasos a través de los cuales su mente ha llegado a algunas conclusiones en particular. A menudo la ocupación está llena de interés; y quien la intenta por primera vez se muestra asombrado por la, aparentemente, ilimitada distancia e incoherencia entre el punto de partida y la meta. Cuál, pues, debió de ser mi asombro cuando oí al francés decir aquello, y cuando no pude evitar el reconocer que había dicho la verdad. Prosiguió:

—Habíamos estado hablando de caballos, si recuerdo bien, justo antes de abandonar la rue C.... Éste fue el último tema que discutimos. Cuando cruzamos a esta calle, un frutero con un gran cesto sobre la cabeza, al pasar rápidamente junto a nosotros lo empujó a usted contra un montón de adoquines apilados en un punto donde están reparando la calzada. Pisó usted un fragmento suelto de uno de ellos, resbaló, se torció ligeramente el tobillo, pareció irritado, murmuró algunas palabras, se volvió para mirar el montón, y luego siguió andando en silencio. No estuve particularmente atento a lo que hizo usted; pero la observación se ha convertido últimamente para mí en una especie de necesidad.

»Mantuvo usted sus ojos fijos en el suelo, mirando con expresión irritada los agujeros y roderas en el pavimento (así que supe que todavía seguía pensando en los adoquines), hasta que alcanzamos la pequeña callejuela llamada Lamartine, que ha sido pavimentada experimentalmente con tarugos superpuestos y remachados. Allá su semblante se iluminó y, observando que sus labios se movían, pude percibir sin duda alguna que murmuraba usted la palabra "estereotomía", un término muy pretenciosamente aplicado a este tipo de pavimento. Sabía que usted no podía pronunciar para sí mismo la palabra "estereotomía" sin verse conducido a pensar en los átomos, y así en las teorías de Epicuro; y puesto que, cuando hablamos de este tema no hace mucho tiempo, yo le mencioné lo singularmente, aunque no se le haya prestado mucha atención, que las vagas suposiciones de ese notable griego han hallado su confirmación en la reciente cosmogonía nebular, tuve la sensación de que usted no podría evitar el alzar la vista hacia la gran *nebulosa* de Orión, y ciertamente esperé que lo hiciera. Alzó usted la vista; y eso me dio la seguridad de que había seguido correctamente sus pasos. Pero en esa amarga *tirade* sobre Chantilly que apareció en el *"Musée"* de ayer, el escritor satírico, haciendo algunas irónicas alusiones al cambio de nombre del zapatero remendón al pasarse a la tragedia, citó un verso latino sobre el que hemos conversado a menudo. Me refiero al verso

Perdidit antiquum litera prima sonum

que le dije que se refería a la palabra Orión, anteriormente escrita Urion; y, por algunas discusiones relativas a esta explicación, estuve seguro de que usted no la había olvidado. Resultaba claro, pues, que usted no dejaría de combinar las dos ideas de Orión y Chantilly. Que usted las combinaría lo vi por el carácter de la sonrisa que pasó por sus labios. Pensó usted en la inmolación del pobre zapatero. Hasta ese momento había estado andando usted algo encorvado; pero ahora lo vi enderezarse hasta adquirir toda su altura. Entonces estuve seguro de que estaba reflexionando en la diminuta figura de Chantilly. En este punto interrumpí sus meditaciones para observar que, de hecho, ese Chantilly era un hombre muy bajo, y que estaría mejor en el *Théâtre des Variétés*.

No mucho después de esto, estábamos examinando una edición de la tarde de la *Gazette des Tribunaux* cuando los siguientes párrafos llamaron nuestra atención:

«CRÍMENES EXTRAORDINARIOS.— Esta madrugada, hacia las tres, los habitantes del Quartier Saint-Roch fueron despertados de su sueño por una sucesión de aterrorizados chillidos, que brotaban al parecer del cuarto piso de una casa de la rue Morgue, cuyos únicos ocupantes se sabía que eran una tal madame L'Espanaye y su hija, mademoiselle Camille L'Espanaye. Con un cierto retraso, ocasionado por un infructuoso intento de conseguir entrar a la manera habitual, se forzó la puerta con una palanca y entraron ocho hombres del vecindario acompañados por dos gendarmes. Por aquel entonces los gritos habían cesado; pero mientras el grupo subía precipitadamente el primer tramo de escaleras, pudieron distinguirse dos o más voces broncas que hablaban en tonos furiosamente contenidos y que parecían proceder de la parte superior de la casa. Cuando se alcanzó el segundo piso, esos sonidos también habían cesado, y todo permanecía en un perfecto silencio. El grupo se dispersó y se apresuró de habitación en habitación. Cuando llegaron a un amplio dormitorio posterior en el cuarto piso (cuya puerta, que estaba cerrada con llave y con la llave puesta dentro, tuvo que ser forzada), el espectáculo que se ofreció a todos los ojos inundó a todo el mundo de asombro y horror.

»El apartamento estaba sumido en el más salvaje desorden, con los muebles rotos y arrojados en todas direcciones. Sólo se mantenía en pie el armazón de una cama; y de éste la cama había sido arrancada y arrojada en mitad del suelo. Sobre una silla había una navaja, manchada de sangre. En la chimenea había dos o tres largos y gruesos mechones de canoso pelo humano, también manchados de sangre, y que parecían haber sido arrancados de raíz. En el suelo se hallaron cuatro napoleones, un pendiente de topacio, tres cucharas grandes de plata, tres más pequeñas de *métal d'Alger*, y dos pequeñas bolsas que contenían casi cuatro mil francos en oro. Los cajones de una cómoda, situada en un rincón, estaban abiertos, y al parecer habían sido saqueados, aunque todavía había muchos artículos en ellos. Debajo de la *cama* (no debajo del armazón) se descubrió una pequeña caja fuerte de hierro. Estaba abierta, con la llave aún en la puerta. No contenía nada excepto algunas cartas viejas y otros papeles de escasa importancia.

»No se hallaron huellas de madame L'Espanaye, pero se apreció una cantidad inusual de hollín en la chimenea, por lo que se ordenó una búsqueda en ella, y (¡resulta horrible relatarlo!) de allí se extrajo el cadáver cabeza abajo de la hija, que había sido forzado hacia arriba por la estrecha abertura hasta una distancia considerable. El cuerpo todavía estaba caliente. Su examen mostró varias excoriaciones, sin duda ocasionadas por la violencia con la cual había sido empujado hacia arriba y la fuerza que se necesitó para sacarlo. El rostro mostraba varios profundos arañazos, y en la garganta tenía una serie de contusiones oscuras y profundas marcas de uñas, como si la fallecida hubiera sido estrangulada hasta morir.

»Tras una minuciosa investigación de cada rincón de la casa sin descubrir nada más, el grupo se encaminó a un pequeño patio pavimentado en la parte de atrás del edificio, donde se halló el cadáver de la vieja dama, con la garganta cortada de tal modo que, al intentar levantarlo, la cabeza se desprendió del resto del cuerpo. Éste, así como la cabeza, estaba terriblemente mutilado, hasta el punto de conservar apenas una apariencia humana.

»Por todo lo que sabemos, todavía no se tiene el más ligero indicio que permita resolver este horrible misterio.»

El periódico del día siguiente añadía estos detalles adicionales:

«*La tragedia de la rue Morgue.* — Se ha investigado a muchas personas con relación a este extraordinario y terrible *affaire* [la palabra "*affaire*" todavía no tiene, en Francia, esa poca importancia que tiene entre nosotros], pero todavía no ha aparecido nada que arroje alguna luz. A continuación facilitamos los testimonios que se han obtenido hasta el momento.

»*Pauline Dubourg*, lavandera, declara que conocía a las dos fallecidas desde hacía tres años, durante los que había lavado su ropa. La vieja dama y su hija parecían en buenas relaciones, y sentían un gran afecto la una hacia la otra. Eran excelentes pagadoras. No puede decir nada respecto a su modo o medios de vida. Cree que madame L. decía la buenaventura para ganarse la vida. Tenía fama de poseer algún dinero ahorrado. Nunca encontró a ninguna persona en la casa cuando acudía a buscar la ropa o la devolvía una vez limpia. Está segura de que no tenían ninguna servidumbre empleada. Parecía no haber muebles en ninguna parte del edificio excepto en el cuarto piso.

»*Pierre Moreau*, estanquero, declara que acostumbraba a vender pequeñas cantidades de tabaco y rapé a madame L'Espanaye desde hacía unos cuatro años. Nació en el vecindario, y siempre ha vivido en él. La fallecida y su hija llevaban ocupando la casa en la que fueron hallados los cadáveres desde hacía más de seis años. Anteriormente estaba ocupada por un joyero, que arrendó las habitaciones superiores a varias personas. La casa era propiedad de madame L. Se sentía poco satisfecha con los abusos cometidos por su inquilino, así que se trasladó a vivir ella, negándose a alquilar ninguna parte. La vieja dama era un tanto senil. Algunos testigos habían visto a la hija unas cinco o seis veces durante los seis años. Ambas vivían una vida completamente retirada; se decía que tenían dinero. Ha oído decir entre los vecinos que madame L. decía la buenaventura..., él no lo cree. Nunca ha visto a ninguna persona entrar por su puerta excepto a la vieja dama y su hija, un recadero una o dos veces, y un médico unas ocho o diez veces.

»Muchas otras personas, vecinos, afirman lo mismo. No se sabe de nadie que frecuentara la casa. No se sabe tampoco si madame L. y su hija tenían algún pariente vivo. Los postigos de las ventanas delanteras raras veces estaban abiertos. Los de la parte trasera estaban siempre cerrados, excepto los de la gran habitación trasera del cuarto piso. Era una buena casa, no demasiado vieja.

»*Isidore Musèt, gendarme*, declara que fue llamado a la casa hacia las tres de la madrugada, y halló unas veinte o treinta personas en la puerta, intentando entrar. Finalmente se forzó la puerta con una bayoneta, no con una palanca. Tuvieron pocas dificultades en abrirla, porque era de doble hoja y no estaba anclada ni por arriba ni por abajo. Los chillidos continuaron hasta que fue forzada la puerta..., y entonces cesaron bruscamente. Parecían ser los gritos de alguna persona (o personas) en una gran agonía, eran fuertes y prolongados, no cortos y rápidos. El testigo abrió rápidamente camino escaleras arriba. Al alcanzar el primer piso, oyó dos voces en fuerte y furiosa discusión: una de ellas una voz grave, la otra mucho más aguda, una voz muy extraña. Pudo distinguir algunas palabras de la primera, que era la de un francés. Está seguro de que no se trataba de una voz femenina. Pudo distinguir las palabras *"sacré"* y *"diable"*. La voz más aguda era de un extranjero. No puede asegurar si era la voz de un hombre o de una mujer. No pudo distinguir lo que decía, pero cree que el idioma tenía que ser español. El estado de la habitación y de los cuerpos ha sido descrito por este testigo tal como indicamos ayer.

»*Henri Duval*, un vecino, de oficio platero, declara que formó parte del grupo que entró primero en la casa. Corrobora en general el testimonio de Musèt. Tan pronto como forzaron la entrada, volvieron a cerrar la puerta, para mantener fuera a la gente, que se estaba acumulando muy aprisa, pese a lo tarde de la hora. La voz más aguda, cree este testigo, era la de un italiano. Está seguro de que no era francés. No está seguro de que fuera una voz de hombre. Podría ser de una mujer. No conoce bien el italiano. No pudo distinguir las palabras, pero está convencido por las entonaciones de que quien hablaba lo hacía en italiano. Conocía a madame L. y a su hija. Había conversado con frecuencia con ambas. Está seguro de que la voz aguda no era la de ninguna de las dos fallecidas.

»*Odenheimer*, restaurador, presentó voluntariamente su testimonio. Puesto que no habla francés, fue interrogado mediante un intérprete. Es natural de Amsterdam. Pasaba junto a la casa en el momento de oírse los chillidos. Duraron varios minutos, probablemente diez. Eran largos y fuertes, muy horribles y angustiosos. Fue uno de los que entraron en el edificio. Corrobora las evidencias anteriores en todos sus aspectos menos en uno. Está seguro de que la voz aguda era la de un hombre..., un francés. No pudo distinguir las palabras pronunciadas. Eran fuertes y rápidas, desiguales, al parecer pronunciadas con miedo además de con furia. La voz era áspera, no tan aguda como áspera. No puede llamarla una voz aguda. La voz más grave dijo repetidamente *"sacré"*, *"diable"* y una vez *"mon Dieu"*.

Jules Mignaud, banquero, de la firma Mignaud et Fils, rue Deloraine. Es el mayor de los Mignaud. madame L'Espanaye tenía algunos intereses en su firma. Había abierto una cuenta en su entidad bancaria en la primavera del año... (ocho años antes). Hacía frecuentes depósitos de pequeñas sumas. Nunca había sacado nada hasta tres días antes de su muerte, cuando retiró en persona la suma de 4.000 francos. Esta suma fue pagada en oro, y un empleado fue enviado a su casa con el dinero.

»*Adolphe Le Bon*, empleado de Mignaud et Fils, declara que el día en cuestión, hacia mediodía, acompañó a madame L'Espanaye a su residencia con los 4.000 francos guardados en dos pequeñas bolsas. Una vez abierta la puerta, apareció mademoiselle L. y tomó de sus manos una de las bolsas, mientras la vieja dama se hacía cargo de la otra. Entonces él saludó con una inclinación de cabeza y se marchó. No vio a ninguna persona en la calle durante todo aquel tiempo. Se trata de una calle apartada, muy solitaria.

»*William Bird*, sastre, declara que fue uno de los miembros del grupo que entró en la casa. Es inglés. Lleva dos años viviendo en París. Fue uno de los primeros que subió las escaleras. Oyó las voces que discutían. La voz más grave era la de un francés. Pudo distinguir varias palabras, pero no puede recordarlas todas. Oyó claramente *"sacré"* y *"mon Dieu"*. En un momento determinado hubo un sonido como de varias personas forcejeando, un sonido raspante y como de arrastrar de pies. La voz aguda era muy fuerte, más fuerte que la grave. Seguro que no era la voz de un inglés. Parecía la de un alemán. Puede que fuera una voz de mujer. No entiende el alemán.

»Cuatro de los testigos arriba mencionados, tras ser llamados de nuevo declararon que la puerta de la habitación donde fue hallado el cuerpo de mademoiselle L... estaba cerrada por el interior cuando el grupo llegó allí. Todo estaba completamente en silencio, ningún gemido o ruido de ningún tipo. Tras forzar la puerta no se vio a nadie. Las ventanas, tanto en la habitación de atrás como en la delantera, estaban firmemente cerradas desde dentro. Una puerta entre las dos habitaciones estaba cerrada, pero no con llave. La puerta que conducía de la habitación delantera al pasillo estaba cerrada, con la llave en su parte interior. Una pequeña habitación en la parte delantera de la casa, en el cuarto piso, al principio del pasillo, estaba abierta, con la puerta de par en par. Esta habitación estaba llena con camas viejas, cajas y cosas parecidas. Fue cuidadosamente registrada. No hubo ningún rincón ni ningún centímetro de la casa que no fuera cuidadosamente registrado. Se pasaron escobas arriba y abajo por la chimenea. La casa era un edificio de cuatro pisos, con buhardillas (*mansardes*). Una trampilla en el techo estaba claveteada muy firmemente, y no parecía haber sido abierta desde hacía años. El tiempo transcurrido entre oír las voces discutiendo y forzar la puerta de la habitación variaba según los testigos. Algunos lo hacían tan corto como tres minutos, algunos tan largo como cinco. La puerta fue abierta sin dificultad.

»*Alfonso García*, empresario de pompas fúnebres, declara que reside en la rue Morgue. Es natural de España. Fue uno de los miembros del grupo que entró en la casa. No fue escaleras arriba. Es muy nervioso, y sentía aprensión ante las consecuencias de toda aquella agitación. Oyó las voces discutiendo. La voz más baja era la de un francés. No pudo distinguir lo que decía. La voz más aguda era la de un inglés, está seguro de ello. No comprende el inglés, pero puede deducirlo por la entonación.

»*Alberto Montani*, pastelero, declara que estaba entre los primeros que subieron la escalera. Oyó las voces en cuestión. La más baja era la de un francés. Distinguió varias palabras. El que hablaba parecía estar reprendiendo. No pudo distinguir ninguna palabra de la voz más aguda. Hablaba de una forma rápida y desigual. Cree que era la voz de un ruso. Corrobora el testimonio general. Es italiano. Nunca ha conversado con un ruso.

»Varios testigos, llamados de nuevo, han testificado que las chimeneas de todas las habitaciones del cuarto piso eran demasiado estrechas como para permitir el paso de un ser humano. Por "escobas" con las que fueron investigadas las chimeneas se refieren a esos cepillos cilíndricos con mango como los utilizados por los deshollinadores. Esos cepillos fueron pasados arriba y abajo por todos los humeros de la casa. No hay ningún pasillo posterior por el cual alguien hubiera podido descender mientras el grupo subía por las escaleras. El cuerpo de mademoiselle L'Espanaye estaba tan firmemente encajado en la chimenea que no pudo ser bajado hasta que cuatro o cinco miembros del grupo unieron sus fuerzas.

»*Paul Dumas*, médico, declara que hacia el amanecer fue llamado para examinar los cadáveres. Por aquel entonces ambos estaban tendidos sobre el entramado de cuero del armazón de la cama en la habitación donde fue hallada mademoiselle L. El cadáver de la joven dama estaba muy arañado y lleno de contusiones. El hecho de que hubiera sido encajada chimenea arriba era suficiente para explicar ese aspecto. La garganta estaba enormemente excoriada. Había varios profundos arañazos justo debajo de la barbilla, junto con una serie de puntos lívidos que evidentemente eran la impresión de unos dedos. El rostro estaba terriblemente descolorido y los ojos desorbitados. Se había mordido parcialmente la lengua. Se descubrió una gran contusión sobre la boca del estómago, producida al parecer por la presión de una rodilla. En opinión de monsieur Dumas, a mademoiselle L'Espanaye la había estrangulado hasta morir alguna persona o personas desconocidas. El cadáver de la madre estaba horriblemente mutilado. Todos los huesos de la pierna y del brazo derecho estaban más o menos rotos. La tibia izquierda estaba astillada, así como todas las costillas del lado izquierdo. Todo el cuerpo estaba terriblemente descolorido y lleno de contusiones. No era posible decir cómo habían sido infligidas las heridas. Un pesado garrote de madera, o una ancha barra de hierro, una silla, cualquier arma grande, pesada y obtusa, podría haber producido esos resultados, manejada por las manos de un hombre muy poderoso. Ninguna mujer hubiera podido infligir los golpes con ninguna de esas armas. La cabeza de la fallecida, cuando fue vista por los testigos, estaba enteramente separada del cuerpo, y también enormemente destrozada. Evidentemente la garganta había sido cortada con un instrumento muy afilado, probablemente con una navaja.

»*Alexandre Étienne*, cirujano, fue llamado junto con monsieur Dumas para examinar los cadáveres. Corrobora el testimonio y las opiniones de monsieur Dumas.

»No pudo averiguarse nada más de importancia, aunque fueron interrogadas varias personas más. Nunca se había cometido en París un asesinato tan misterioso y tan desconcertante en todos sus particulares, si de hecho se trataba realmente de un asesinato. La policía se halla totalmente desconcertada, algo realmente raro en asuntos de esta naturaleza. No existe ni la más remota sombra de una pista.»

La edición de la tarde del periódico afirmaba que todo el Quartier Saint-Roch era presa de la mayor excitación, que la zona en cuestión había sido cuidadosamente registrada y realizados nuevos interrogatorios a los testigos, sin ningún resultado. Una nota final, sin embargo, mencionaba que Adolphe Le Bon había sido arrestado y encarcelado, aunque nada parecía incriminarle más allá de los hechos ya detallados.

Dupin parecía singularmente interesado en los progresos de ese asunto, o al menos así lo juzgué por su actitud, porque no hizo el menor comentario. Sólo fue tras el anuncio de que Le Bon había sido encarcelado que me pidió mi opinión respecto a los crímenes.

No pude hacer otra cosa más que mostrarme de acuerdo con todo París en considerarlos como un misterio insoluble. No veía ningún medio por el cual fuera posible rastrear al asesino.

—No debemos juzgar el asunto —dijo Dupin— por esos meros interrogatorios. La policía parisina, tan elogiada por su *perspicacia*, es astuta, pero nada más. No hay método en sus procedimientos, más allá del método del momento. Efectúan una amplia exhibición de sus medidas; pero muy frecuentemente éstas se revelan tan mal adaptadas a los objetivos propuestos que nos hacen pensar en monsieur Jourdain pidiendo su *robe-de-chambre, pour mieux entendre la musique*. Los resultados alcanzados no dejan de ser a menudo sorprendentes, pero en su mayor parte se consiguen por mera diligencia y actividad. Cuando esas cualidades no se hallan disponibles, sus planes fracasan. Vidocq, por ejemplo, era un buen adivinador y un hombre perseverante. Pero, sin pensamiento educado, erraba constantemente a causa de la misma intensidad de sus investigaciones. Veía dificultada su visión manteniendo el objetivo demasiado cerca. Podía ver quizás uno o dos puntos con una inusual claridad, pero al hacer esto perdía necesariamente de vista el asunto como un conjunto. Éste es el fallo de ser demasiado profundo. La verdad no siempre está en un pozo. De hecho, en lo que se refiere al conocimiento más importante, creo que la verdad es invariablemente superficial. La profundidad reside en los valles donde la buscamos, y no en las cimas de las montañas donde se halla. Los modos y orígenes de este tipo de error se hallan bien tipificados en la contemplación de los cuerpos celestes. Mirar a una estrella mediante rápidas miradas, verla oblicuamente, volviendo hacia ella las partes exteriores de la *retina* (más susceptibles a las débiles impresiones de la luz que el interior), es contemplar claramente la estrella, es obtener la mejor apreciación de su lustre, un lustre que se hace impreciso de forma exactamente proporcional cuando volvemos nuestra vista *directamente* hacia ella. Un mayor número de rayos cae realmente sobre el ojo en el último caso, mientras que en el primero hallamos la más refinada capacidad para la percepción. Con una profundidad indebida desconcertamos y debilitamos el pensamiento; y es posible hacer que incluso Venus desaparezca del firmamento a través de un escrutinio demasiado sostenido, demasiado concentrado o demasiado directo.

»Por lo que respecta a esos asesinatos, efectuemos algunos interrogatorios por nosotros mismos antes de formar ninguna opinión respecto a ellos. Una investigación nos proporcionará un poco de diversión [pensé que era un término extraño, aplicado de este modo, pero no dije nada] y, además, Le Bon me hizo en una ocasión un servicio por el que le estoy muy agradecido. Iremos a examinar el lugar con nuestros propios ojos. Conozco a G..., el prefecto de policía, y no tendré ninguna dificultad en obtener el permiso necesario.

Se obtuvo el permiso, y nos dirigimos de inmediato hacia la rue Morgue. Se trata de una de esas miserables callejas que unen la rue Richelieu con la rue Saint-Roch. Era última hora de la tarde cuando la alcanzamos, puesto que este barrio se halla a gran distancia de donde residíamos. Hallamos la casa con facilidad, puesto que todavía había muchas personas contemplando los cerrados postigos, con una curiosidad sin objetivo, desde el lado opuesto de la calle. Era una casa parisina como tantas otras, con un portal en uno de cuyos lados había una garita con un panel corredizo en la ventanilla, lo cual señalaba una *loge de concierge*. Antes de entrar recorrimos la calle, giramos por un callejón, y luego, tras girar de nuevo, pasamos a la parte trasera del edificio. Dupin, mientras tanto, no dejaba de investigar todo el vecindario, así como la casa, con una minuciosidad para la que no podía ver ningún objetivo posible.

Regresamos sobre nuestros pasos y volvimos a la parte delantera del edificio, llamamos y, tras mostrar nuestras credenciales, fuimos admitidos por los agentes al cargo. Subimos las escaleras y entramos en la habitación donde había sido hallado el cuerpo de mademoiselle L'Espanaye, y donde todavía yacían los dos cadáveres. El desorden de la habitación, como siempre, había sido respetado. No vi nada más allá de lo que ya se había dicho en la *Gazette des Tribunaux*. Dupin lo escrutó todo, sin exceptuar los cuerpos de las víctimas. Luego fuimos a las otras habitaciones y al patio trasero; un *gendarme* nos acompañó todo el camino. El examen nos ocupó hasta que se hizo oscuro, y entonces nos fuimos. En nuestro camino a casa mi compañero se detuvo por un momento en la oficina de uno de los diarios.

Ya he dicho que los caprichos de mi amigo eran múltiples, y que *je les ménageais*, frase que no tiene equivalente en nuestro idioma. Ahora no estaba de humor para hablar del tema del asesinato, y no lo hizo hasta el mediodía del día siguiente. Entonces me preguntó, de pronto, si no había observado nada *peculiar* en la escena de aquella atrocidad.

Había algo en su forma de enfatizar la palabra "*peculiar*" que me hizo estremecer sin saber por qué.

—No, nada *peculiar* —dije—; al menos, nada más de lo que leímos en el periódico.

—Me temo que la *Gazette* —respondió— no ha penetrado en el inusual horror del asunto. Pero olvidemos las ociosas opiniones de esa publicación. Me parece que este misterio es considerado insoluble por la misma razón por la que debería ser considerado como de fácil solución, me refiero al carácter *outré* de sus rasgos. La policía está confusa por la aparente ausencia de motivos, no por el asesinato en sí, sino por la atrocidad del crimen. También están desconcertados por la aparente imposibilidad de reconciliar las voces oídas discutiendo con el hecho de que no se descubrió a nadie escaleras arriba excepto a la asesinada mademoiselle L'Espanaye, y que no había ningún medio de salir del lugar sin ser vistos por el grupo que subía. El absoluto desorden de la habitación, el cuerpo metido cabeza abajo en la chimenea, la terrible mutilación del cuerpo de la vieja dama: estas consideraciones junto con las ya mencionadas y otras que no necesito mencionar, han sido suficientes para paralizar los poderes policiales, haciendo fracasar por completo la tan alardeada *perspicacia* de los agentes del gobierno. Han caído en el craso pero común error de confundir lo inusual con lo abstruso. Pero es precisamente a causa de estas desviaciones de lo ordinario que la razón debe hallar su camino en su búsqueda de la verdad, si es posible. En las investigaciones como la que ahora estamos realizando, no debería preguntarse tanto "qué ha ocurrido" como "qué ha ocurrido que nunca había ocurrido antes". De hecho, la facilidad con la cual debo llegar, o he llegado, a la solución de este misterio, se halla en relación directa con su aparente insolubilidad a los ojos de la policía.

Miré a mi interlocutor con mudo asombro.

—Ahora estoy esperando —prosiguió, mirando hacia la

puerta de nuestro apartamento—, ahora estoy esperando a una persona que, aunque quizá no sea el autor de esas carnicerías, tiene que estar en alguna medida implicado en su perpetración. Es probable que sea inocente de la peor parte de los crímenes cometidos. Espero tener razón en esta suposición; porque sobre ella construyo mis esperanzas de resolver todo el enigma. Espero que el hombre llegue aquí, a esta habitación, en cualquier momento. Es cierto que puede que no venga; pero las probabilidades son de que sí lo hará. Si lo hace, será necesario detenerlo. Aquí hay pistolas; y ambos sabemos cómo usarlas cuando se presenta la ocasión.

Tomé las pistolas, sin apenas darme cuenta de lo que hacía, o creyendo que lo que había oído, mientras Dupin hablaba, era en realidad un soliloquio. Ya he hablado de su actitud abstraída en tales ocasiones. Sus palabras iban dirigidas a mí, pero su voz, aunque fuerte, tenía esa entonación que se emplea comúnmente en hablar con alguien a una gran distancia. Sus ojos, vacíos de expresión, sólo miraban la pared.

—El que las voces oídas discutiendo —dijo— por los que subían las escaleras no eran las voces de las dos mujeres quedó completamente probado por las evidencias. Esto elimina cualquier duda acerca de si la vieja dama pudo primero matar a su hija y luego suicidarse. Hablo de ello principalmente en nombre del método; porque la fuerza de madame L'Espanaye era por completo insuficiente para la tarea de meter el cadáver de su hija chimenea arriba tal como fue hallado; y la naturaleza de las heridas sobre su propia persona elimina enteramente la idea del suicidio. El asesinato, pues, fue cometido por terceros, y sus voces fueron las que se oyeron discutiendo. Déjeme señalar ahora no todo lo que han dicho los testigos acerca de esas voces, sino lo que hay de *peculiar* en esos testimonios. ¿No ha observado usted nada peculiar en ellos?

Señalé que, aunque todos los testigos se mostraban de acuerdo en suponer que la voz más grave era la de un francés, había mucho desacuerdo respecto a la voz más aguda o, como la había calificado un individuo, la más áspera.

—Eso es la evidencia en sí —dijo Dupin—, pero no la peculiaridad de la evidencia. Usted no ha observado nada característico. Pero *había* algo característico que observar. Los testigos, como señala, se mostraron de acuerdo respecto a la voz más grave; aquí todos fueron unánimes. Pero respecto a la voz más aguda, la peculiaridad no es que se mostraran en desacuerdo, sino que, cuando un italiano, un inglés, un español, un holandés y un francés intentaron describirla, cada uno habló de que era la de *un extranjero*. Cada uno se mostró seguro de que no era la voz de un compatriota suyo. Y cada uno la comparó, no con la voz de un individuo de cualquier nación cuyo idioma conocía, sino al contrario. El francés supone que es la voz de un español, y «hubiera podido distinguir algunas palabras *si hubiera estado familiarizado con el español*». El holandés sostiene que era la de un francés; pero descubrimos que "*puesto que no habla el francés, este testigo fue interrogado mediante un intérprete*". El inglés cree que es la voz de un alemán y "*no entiende el alemán*". El español "está seguro" de que era la voz de un inglés, pero tan sólo "puede deducirlo por la entonación", "*puesto que no conoce el inglés*". El italiano cree que es la voz de un ruso, pero "*nunca ha conversado con un nativo de Rusia*". Un segundo francés difiere además con el primero, y se muestra seguro de que la voz era la de un italiano; pero *no conociendo este idioma*, está, como el español, "convencido por las entonaciones". Ahora bien ¡uno se pregunta lo extrañamente inusual que tiene que ser en realidad esa voz sobre la que se han pronunciado *tantos* testimonios, sobre cuyos *tonos* ni siquiera los habitantes de las cinco grandes divisiones lingüísticas europeas pueden reconocer nada familiar! Dirá usted que puede que se tratara de la voz de un asiático, o de un africano. Ni los asiáticos ni los africanos abundan en París; pero, sin negar esa posibilidad, llamaré ahora su atención sobre tres puntos. La voz es denominada por un testigo como "áspera antes que aguda". Es representada por otros dos como "rápida y *desigual*". Ninguno de los testigos pudo mencionar ninguna palabra..., ningún sonido parecido a palabras.

»Ignoro —continuó Dupin— qué impresión puedo haber causado hasta ahora en su comprensión, pero no vacilaré en decir que las deducciones legítimas incluso de esta sola parte del testimonio, la parte relativa a las voces grave y aguda, son en sí mismas suficientes para engendrar una sospecha que debería orientar todos los progresos futuros en la investigación del misterio. Digo "deducciones legítimas"; pero con ello no se explica totalmente lo que quiero decir. Quiero dar a entender que las deducciones son las *únicas* apropiadas, y que como único resultado surgen *inevitablemente* las sospechas. Cuáles son esas sospechas, sin embargo, no lo diré todavía. Sólo quiero que tenga en cuenta que, para mí, tienen fuerza suficiente como para dar una forma definida, una cierta tendencia, a mis investigaciones en la habitación.

»Transportémonos con la imaginación a aquel dormitorio. ¿Qué es lo primero que debemos buscar allí? El modo de escape utilizado por los asesinos. No es necesario decir que ninguno de los dos creemos en acontecimientos sobrenaturales. Madame y mademoiselle L'Espanaye no fueron destruidas por espíritus. Los asesinos eran materiales, y escaparon de forma material. ¿Cómo? Afortunadamente sólo hay un modo de razonar sobre este punto, y ese modo *debe* conducirnos a una decisión concreta. Examinemos pues, punto por punto, cada uno de los posibles medios de huida. Resulta claro que los asesinos estaban en la habitación donde fue hallada mademoiselle L'Espanaye, o al menos en la habitación contigua, mientras el grupo subía por las escaleras. En consecuencia, sólo hemos de buscar salidas de estos dos apartamentos. La policía ha puesto al descubierto los suelos, los techos y la mampostería de las paredes en todas direcciones. Ninguna salida *secreta* hubiera podido escapar a su escrutinio. Pero, no confiando en *sus* ojos, lo examiné todo con los míos. No había, pues, *ninguna* salida secreta. Ambas puertas que conducían de la habitación al pasillo estaban cerradas con llave, con las llaves por dentro. Vayamos a las chimeneas. Éstas, aunque de la anchura habitual a lo largo de unos dos y medio a tres metros por encima del hogar, no admitirían, en su parte superior, ni el cuerpo de un gato grande. La imposibilidad de huir por los medios ya indicados es, pues, absoluta, por lo cual nos vemos reducidos a las ventanas. Nadie hubiera podido escapar por las de la habitación de la fachada sin ser observado por la multitud en la calle. Los asesinos *tuvieron* que pasar, pues, por las de la habitación trasera. Llegados a esta conclusión de una forma tan inequívoca debemos rechazarla, sin embargo, por puro razonamiento ante sus aparentes imposibilidades. En consecuencia, sólo nos queda demostrar que esas aparentes "imposibilidades" no lo son en realidad.

»Hay dos ventanas en la habitación. Una de ellas no está obstruida por ningún mueble y es totalmente visible. La parte inferior de la otra queda oculta a la vista por la cabecera del pesado armazón de la cama, que está apoyada contra ella. La primera se halló bien cerrada desde dentro. Resistió todos los esfuerzos de aquellos que intentaron levantarla. Se había practicado en la izquierda de su bastidor un gran agujero con una barrena y en él se había metido hasta casi la cabeza un clavo muy grueso. Tras examinar la otra ventana, se encontró un clavo similar encajado en ella, y todos los vigorosos esfuerzos por levantarla fracasaron también. La policía se sintió entonces completamente persuadida de que la fuga no se había producido en aquella dirección. Y, *en consecuencia*, se consideró superfluo retirar los clavos y abrir las ventanas.

»Mi examen fue algo más particular, y lo fue por la razón que acabo de dar, porque sabía que era *preciso* probar que todas aquellas aparentes imposibilidades no lo eran en realidad.

»En consecuencia, procedí a pensar..., *a posteriori*. Los asesinos *escaparon* por una de aquellas ventanas. Admitido esto, no podían haber sujetado de nuevo los bastidores con los clavos desde el interior tal como se encontraron, consideración que detuvo, por su obvio carácter, los escrutinios de la policía en este aspecto. Pero los bastidores *estaban* asegurados por los clavos. No había forma de escapar a esta conclusión. Fui a la ventana no obstruida, retiré el clavo con cierta dificultad, e intenté alzar el bastidor. Se resistió a todos mis esfuerzos, tal como había anticipado. Entonces comprendí que tenía que existir algún resorte oculto; y esta corroboración de mi idea me convenció de que mis suposiciones al menos eran correctas, por misteriosas que siguieran pareciendo las circunstancias relativas a los clavos. Una búsqueda cuidadosa no tardó en revelarme el oculto resorte. Lo oprimí y, satisfecho con mi descubrimiento, me abstuve de levantar el bastidor.

»Entonces volví a colocar el clavo y lo observé con atención. Una persona que hubiera salido por aquella ventana podía haberla cerrado de nuevo, y el resorte la hubiera encajado..., pero no hubiera podido volver a colocar el clavo. La conclusión era sencilla, y de nuevo estrechó el campo de mis investigaciones. Los asesinos *tenían* que haber escapado por la otra ventana. Suponiendo, pues, que los resortes de cada bastidor fueran idénticos, como era probable, *debía* de haber una diferencia entre los dos clavos, o al menos entre la forma de encajarlos. Me subí sobre las tiras de cuero del armazón de la cama y examiné minuciosamente la segunda ventana por encima de la cabecera. Pasando la mano por detrás de la cabecera, no tardé en descubrir el resorte, que era, como había supuesto, idéntico a su vecino. Entonces examiné el clavo. Era tan recio como el otro, y aparentemente metido del mismo modo, casi hasta la cabeza.

»Dirá usted que me quedé desconcertado; pero, si piensa así, debe de haber malinterpretado la naturaleza de mis deducciones. Usando una frase típica de la caza, nunca "he perdido el rastro". El olor nunca se me ha escapado. No había ningún fallo en los eslabones de la cadena. Había rastreado el secreto hasta su último resultado..., y ese resultado era *el clavo*. Como he dicho, tenía en todos sus aspectos la apariencia de su compañero de la otra ventana; pero este hecho era una absoluta nulidad (por concluyente que pueda parecer) cuando se lo comparaba con la consideración de que allí, en aquel punto, terminaba mi pista. "Tiene que *haber* algo equivocado acerca del clavo", me dije. Lo toqué; y la cabeza, con aproximadamente medio centímetro largo de su vástago, se quedó entre mis dedos. El resto del vástago estaba en el agujero de barrena, donde se había roto. La fractura era vieja (porque sus bordes estaban incrustados con óxido), y al parecer se había producido a causa de un martillazo que había hundido parcialmente, en la parte superior del bastidor del fondo, la parte de la cabeza del clavo. Volví a colocar cuidadosamente esta parte en la hendidura de donde la había tomado, y el parecido a un clavo perfecto fue completa..., la fisura era invisible. Hice presión sobre el muelle, y alcé con suavidad el bastidor unos pocos centímetros; la cabeza se alzó con él, permaneciendo firme en su encaje. Cerré la ventana, y el parecido con un clavo entero siguió siendo perfecto.

»El acertijo había sido resuelto. El asesino había escapado por la ventana de encima de la cama. Al bajar por su propia inercia tras su salida (o quizá cerrada a propósito), había quedado sujeta de nuevo por el resorte; y era la retención de ese resorte lo que había confundido a la policía, creyendo que era a causa del clavo, con lo cual se consideró innecesario seguir investigando.

»La siguiente pregunta era la forma de bajar. Sobre este punto me había sentido satisfecho en mi paseo con usted alrededor del edificio. A algo más de metro y medio de la ventana en cuestión está el cable de bajada de un pararrayos. Desde este cable sería imposible que nadie alcanzara la ventana, y no digamos entrara por ella. Observé, sin embargo, que los postigos del cuarto piso eran de ese tipo peculiar que los carpinteros parisinos llaman *ferrades*, un tipo raras veces usado en la actualidad pero visto con frecuencia en las mansiones muy antiguas de Lyon y Burdeos. Tienen la forma de una puerta ordinaria (de una sola hoja, no una puerta plegable), excepto que la mitad inferior está trabajada en celosía o entramado, lo cual permite una excelente sujeción para las manos. En este caso esos batientes tienen su buen metro de ancho. Cuando los vi desde la parte trasera de la casa estaban ambos medio abiertos, es decir, se hallaban formando ángulo recto con la pared. Es probable que la policía, así como yo mismo, examinara la parte trasera de la propiedad; pero, si lo hizo, al ver esas *ferrades* en el sentido de su anchura (como probablemente hicieron), no se dieron cuenta de lo anchas que eran realmente o, en todo caso, no lo tomaron en consideración. De hecho, una vez satisfechos de que por aquel lado no podía haberse producido ninguna huida, se limitaron a efectuar un examen de rutina. Sin embargo, me resultó claro que el postigo perteneciente a la ventana de la cabecera de la cama podía, si se abría por completo hasta la pared, llegar hasta medio metro de distancia del cable del pararrayos. También resultaba evidente que, ejerciendo un grado muy inusual de actividad y valor, podía haberse entrado por la ventana desde ese cable. Tendiéndose ese medio metro de distancia (suponiendo que el postigo estuviera completamente abierto), un ladrón podría haber sujetado con firmeza el entramado de madera. Soltando entonces su presa sobre el cable del pararrayos, apoyando firmemente los pies contra la pared, y saltando osadamente desde allí, podría haber empujado el batiente hacia el otro lado y, si imaginamos que la ventana estaba abierta en aquel momento, podría haberse deslizado dentro de la habitación.

»Querría que tuviera especialmente en cuenta que estoy hablando de un grado de actividad *muy* inusual como requisito necesario para el éxito de una hazaña tan arriesgada y difícil. Es mi intención mostrarle, en primer lugar, que este acto *podría* haberse realizado; pero, en segundo lugar y *lo más importante*, deseo grabar en su comprensión el carácter *muy extraordinario*, casi sobrenatural, de la agilidad necesaria para conseguirlo.

»Sin duda dirá usted, usando el lenguaje de la ley, que para "defender mi caso" debería más bien subvalorar antes que insistir en la plena estimación de la actividad requerida en este asunto. Puede que ésta sea la práctica legal, pero no es el uso de la razón. Mi objetivo final es sólo la verdad. Mi propósito inmediato es conducirle a usted a que sitúe juntas esa *muy inusual* actividad de la que acabo de hablarle, con esa *muy peculiar* y *desigual* voz aguda (o áspera), acerca de cuya nacionalidad no se pudo hallar a dos personas que se mostraran de acuerdo, y en la cual no pudo detectarse ningún silabeo.

Ante aquellas palabras, una vaga y semiformada idea de lo que quería decir Dupin aleteó por mi mente. Parecía hallarme al borde de la comprensión, sin conseguir no obstante comprender, del mismo modo que los hombres, a veces, se descubren al borde de recordar algo, sin ser capaces finalmente de evocarlo. Mi amigo siguió con su discurso.

—Observará —dijo— que he variado la pregunta del modo

de salir al modo de entrar. Mi deseo era transmitirle la idea de que ambas cosas se efectuaron de la misma manera, por el mismo punto. Pasemos al interior de la habitación. Estudiemos todos los aspectos allí. Los cajones de la cómoda, se ha dicho, habían sido saqueados, aunque muchos objetos permanecían todavía en su interior. La conclusión aquí es absurda. Es una mera suposición, muy estúpida, y nada más. ¿Cómo podemos saber que los objetos hallados en los cajones eran todos los que contenían originalmente? madame L'Espanaye y su hija vivían una vida completamente retirada: no recibían a nadie, raras veces salían, para ellas tenía poca utilidad cambiarse con frecuencia de vestido. Los hallados eran al menos de buena calidad, en consonancia con los que debían de poseer aquellas damas. Si un ladrón se hubiera llevado alguno, ¿por qué no se habría llevado los mejores, por qué no se los habría llevado todos? En una palabra, ¿por qué abandonó cuatro mil francos en oro para cargar con un fajo de ropa? El oro *fue* abandonado. Casi la totalidad de la suma mencionada por monsieur Mignaud, el banquero, fue descubierta metida en dos pequeñas bolsas en el suelo. En consecuencia, me gustaría que descartara de sus pensamientos la desatinada idea de un *motivo*, engendrada en los cerebros de la policía por esta parte de las evidencias que hablan de dinero entregado a la puerta de la casa. Coincidencias diez veces tan notables como ésta (la entrega del dinero, y el asesinato cometido a los tres días después de recibirlo) se presentan cada hora en nuestras vidas, sin atraer siquiera la menor atención. En general, las coincidencias son grandes piedras puestas en el camino para que tropiecen con ellas esa clase de pensadores que han sido educados para no saber nada de la teoría de las dos probabilidades, esa teoría a la cual las más gloriosas conquistas de la investigación humana están en deuda. En el presente caso, si el oro hubiera desaparecido, el hecho de su entrega tres días antes hubiera significado algo más que una coincidencia. Hubiera sido una corroboración de esta idea del motivo. Pero, bajo las auténticas circunstancias del caso, si debemos suponer que el oro fue el motivo de este ultraje, debemos imaginar también que el perpetrador era un idiota tan vacilante que abandonó por completo su oro..., y su motivo.

»Teniendo ahora en mente los puntos hacia los cuales he atraído su atención, esa voz peculiar, esa agilidad inusual, y esa sorprendente ausencia de motivo en un asesinato tan singularmente atroz como éste, echemos una mirada a la carnicería en sí. Tenemos a una mujer estrangulada hasta morir mediante la fuerza manual, y metida en una chimenea cabeza abajo. Los asesinos ordinarios no suelen emplear este tipo de asesinato. Y mucho menos se desembarazan así del cadáver. En la forma de encajar el cadáver en la chimenea admitirá usted que hay algo *excesivamente extravagante*, algo totalmente irreconciliable con nuestras ideas habituales de las acciones humanas, incluso cuando se supone que sus actores son los más depravados de los hombres. Piense también en lo grande que tuvo que ser la fuerza necesaria para encajar el cuerpo *hacia arriba* por esa abertura, ¡hasta el punto que fue necesario el vigor conjunto de varias personas para *bajarlo* de allí!

»Fíjese ahora en las demás indicaciones del empleo de un vigor casi maravilloso. En el hogar había abundantes mechones, *muy* abundantes mechones, de pelo humano canoso. Había sido arrancado de raíz. ¿Es consciente usted de la gran fuerza necesaria para arrancar de una cabeza aunque sólo sean veinte o treinta cabellos a la vez? Usted vio los mechones en cuestión tan bien como yo. Sus raíces (¡un espectáculo horrible!) estaban unidas a fragmentos de cuero cabelludo, seguramente arrancado por la prodigiosa fuerza ejercida para desarraigar de una sola vez quizá medio millón de cabellos. La garganta de la vieja dama no estaba sólo cortada, sino que la cabeza fue absolutamente separada del cuerpo: el instrumento fue una simple navaja. Me gustaría que se fijara también en la *brutal* ferocidad de esas acciones. De las contusiones en el cuerpo de madame L'Espanaye no hablaré. Monsieur Dumas, y su valioso ayudante, monsieur Étienne, han pronunciado que fueron infligidas por algún instrumento obtuso; y hasta el momento esos caballeros tienen mucha razón. El instrumento obtuso fue, evidentemente, el pavimento de piedra del patio, al cual cayó la víctima desde la ventana de encima de la cama. Esta idea, por simple que pueda parecer ahora, escapó a la policía por la misma razón que se les escapó la anchura de los postigos y, con el asunto de los clavos, se cerraron herméticamente a la posibilidad de que las ventanas hubieran podido abrirse.

»Si ahora, además de todas estas cosas, ha reflexionado usted adecuadamente acerca del extraño desorden de la habitación, hemos ido tan lejos como a combinar las ideas de una sorprendente agilidad, una fuerza sobrehumana, una brutal ferocidad, una carnicería sin motivo, una *grotesquerie* de horror absolutamente ajena a cualquier humanidad, y una voz de tono extraño a los oídos de hombres de muchas naciones y desprovista de todo silabeo claro o inteligible. ¿Cuál es entonces el resultado? ¿Qué impresión ha producido todo esto en su imaginación?

Sentí un escalofrío cuando Dupin me hizo la pregunta.

—Un loco —dije— es quien lo ha hecho..., un maníaco furioso escapado de alguna *Maison de Santé* vecina.

—En algunos aspectos —respondió—, su idea no es desacertada. Pero las voces de los locos, incluso en sus más salvajes paroxismos, nunca han encajado con esa voz peculiar oída arriba en las escaleras. Los hombres son de alguna nación, y su idioma, aunque incoherente en sus palabras, tiene siempre la coherencia de las sílabas que lo componen. Además, el pelo de un loco no es como el que ahora tengo en mi mano. Desenmarañé este pequeño mechón de los dedos rígidamente cerrados de madame L'Espanaye. Dígame qué opina de él.

—¡Dupin! —exclamé, completamente desconcertado—. Este pelo es de lo más inusual..., no es pelo *humano.*

—No he dicho que lo fuera —respondió—. Pero, antes de que decidamos este punto, quiero que eche una mirada al pequeño esbozo que he trazado sobre este papel. Es un *fac-simile* dibujado a partir de lo que se ha descrito en una parte de las declaraciones como "contusiones oscuras y profundas marcas de uñas" sobre la garganta de mademoiselle L'Espanaye, y en otra (la de los monsieurs Dumas y Étienne) como "una serie de puntos lívidos que, evidentemente, eran la impresión de unos dedos".

»Observará —prosiguió mi amigo, extendiendo el papel encima de la mesa delante de nosotros— que este dibujo da la idea de una presa firme y enérgica. No hay *deslizamiento* aparente. Cada dedo ha retenido, posiblemente hasta la muerte de la víctima, la terrible presa que ejerció desde un principio. Ahora intente situar todos sus dedos, al mismo tiempo, en las respectivas impresiones tal como usted las ve aquí.

Hice el intento en vano.

—Posiblemente no estamos efectuando esta prueba de una manera justa —dijo—. El papel está extendido sobre una superficie plana; pero la garganta humana es cilíndrica. Aquí tenemos un tronco de madera cuya circunferencia es aproximadamente la de una garganta. Rodeémoslo con el papel, y probemos de nuevo el experimento.

Así lo hice; pero la dificultad era aún más evidente que antes.

—Esto —dije— no es la marca de una mano humana.

—Ahora —respondió Dupin—, lea este párrafo de Cuvier.

Era un relato anatómico y minuciosamente descriptivo del gran orangután leonado de las islas de las Indias Orientales. Su gigantesca estatura, su prodigiosa fuerza y actividad, su salvaje ferocidad y las facultades imitativas de estos mamíferos son bien conocidas por todos. Comprendí de inmediato todo el horror de los crímenes.

—La descripción de los dedos —dije mientras terminaba de leer— encaja exactamente con este dibujo. Veo que ningún animal, excepto un orangután de la especie aquí mencionada, podría haber dejado estas marcas tal como las ha trazado usted. Este mechón de pelo leonado también es de carácter idéntico al del animal de Cuvier. Pero no puedo comprender los detalles de este terrible misterio. Además, se oyeron *dos* voces discutiendo, y una de ellas era incuestionablemente la de un francés.

—Cierto; y recordará una expresión atribuida casi unánimemente por las declaraciones a esta voz, la expresión "*mon Dieu!*". Esta expresión, bajo las circunstancias, fue definida exactamente por uno de los testigos (Montani, el pastelero) como una expresión de protesta o censura. En consecuencia, sobre estas dos palabras he edificado mis esperanzas de una completa solución del misterio. Un francés conocía al asesino. Es posible, de hecho es mucho más que probable, que fuera inocente de toda participación en los sangrientos sucesos que tuvieron lugar. Puede que el orangután se le escapara. Puede que lo hubiera seguido hasta la habitación; pero, bajo las agitadas circunstancias que siguieron, puede que nunca consiguiera volver a capturarlo. Todavía está libre. No seguiré esas suposiciones, ya que no tengo derecho a llamarlas de otro modo, puesto que los atisbos de reflexión en los que se basan apenas tienen la suficiente profundidad como para ser apreciados por mi propio intelecto, y puesto que no puedo pretender hacerlas inteligibles a la comprensión de otros; en consecuencia, las llamaremos sólo suposiciones, y hablaremos de ellas como tales. Si el francés en cuestión es de hecho, como supongo, inocente de esa atrocidad, este anuncio, que deposité ayer por la noche a nuestro regreso a casa en las oficinas de *Le Monde* (un periódico dedicado a los intereses marítimos y muy buscado por los marineros), lo conducirá hasta nuestra residencia.

Me tendió un papel, y leí:

«CAPTURADO.— *En el Bois de Boulogne, a primera hora de la mañana del día... de este mes* (la mañana del asesinato), *se ha hallado un orangután leonado muy grande de la especie de Borneo. Su propietario (que se sabe que es un marinero perteneciente a un barco maltés) puede recuperar el animal, tras identificarlo satisfactoriamente y pagar los pequeños gastos producidos por su captura y mantenimiento. Llamar al número... de la calle... del faubourg Saint-Germain, tercer piso.*»

—¿Cómo es posible —pregunté— que sepa usted que el hombre es un marinero y pertenece a un barco maltés?

—*No* lo sé —dijo Dupin—. No estoy *seguro* de ello. De todos modos, aquí hay un pequeño trozo de cinta que, por su forma y su aspecto grasiento, ha sido usado, evidentemente, para atar el pelo de una de esas largas *queues* a las que tan aficionados son los marineros. Además, este nudo es uno que poca gente, aparte de los marineros sabe hacer, y es peculiar de los habitantes de Malta. Recogí la cinta a los pies del cable del pararrayos. No podía pertenecer a ninguna de las fallecidas. De todos modos, aunque esté equivocado en mi suposición acerca de esta cinta, y de que el francés es un marinero perteneciente a un barco maltés, no hago ningún daño diciendo lo que he dicho en el anuncio. Si estoy en un error, él simplemente supondrá que me he confundido por alguna circunstancia por la cual no se tomará la molestia de preocuparse. Pero si tengo razón, ganaré un gran punto. Conocedor, aunque inocente, del asesinato, el francés dudará acerca de si responder o no al anuncio..., de si acudir en busca del orangután. Razonará así: "Soy inocente y pobre; mi orangután es de gran valor, para alguien en mis circunstancias una auténtica fortuna..., ¿por qué debería perderlo a causa de confusas aprensiones de peligro? Está ahí, a mi alcance. Fue hallado en el Bois de Boulogne, a una enorme distancia de la escena de esa carnicería. ¿Cómo puede llegar a sospecharse de que un bruto animal haya hecho eso? La policía está en blanco..., no ha conseguido hallar ni el menor indicio. Si alguna vez siguen el rastro del animal, será imposible demostrar mi relación con el asesinato o implicarme como culpable a causa de esa relación. Por encima de todo, *soy conocido*. El anunciante me señala como el poseedor del animal. No estoy seguro de hasta qué límite puede extenderse ese conocimiento. Si no reclamo una propiedad de tan gran valor, que se sabe que poseo, haré que al menos el animal resulte sospechoso. No es mi política atraer la atención ni hacia mí ni hacia él. Responderé al anuncio, me llevaré al orangután, y lo mantendré bien encerrado hasta que se haya olvidado el asunto."

En aquel momento oímos unos pasos en las escaleras.

—Esté preparado —dijo Dupin— con sus pistolas, pero no las use ni las muestre hasta que yo le haga una señal.

Habíamos dejado abierta la puerta delantera de la casa, y el visitante había entrado, sin llamar, y había empezado a subir la escalera. Ahora, sin embargo, pareció dudar. Luego lo oímos bajar. Dupin se dirigía ya rápidamente hacia la puerta cuando lo oímos subir de nuevo. Esta vez no dio media vuelta, sino que siguió subiendo con decisión y llamó a la puerta de nuestro piso.

—Adelante —dijo Dupin, con tono alegre y confiado.

Entró un hombre. Era un marinero, evidentemente: una persona alta, recia y musculosa, con una cierta expresión arrogante no del todo desagradable. Su rostro, muy bronceado, quedaba oculto en más de su mitad por sus patillas y su *mustachio*. Llevaba consigo un recio bastón de roble, casi un garrote pero, aparte de esto, parecía ir desarmado. Hizo una torpe inclinación de cabeza y nos dio las "buenas tardes" con acento francés que, aunque con una ligera entonación de Neuchâtel, daba a entender con bastante claridad un origen parisino.

—Siéntese, amigo mío —dijo Dupin—. Supongo que ha venido usted por lo del orangután. Créame, casi le envidio por su posesión; un animal notablemente espléndido, y sin duda muy valioso. ¿Qué edad supone que tiene?

El marinero inspiró profundamente, con el aire de un hombre aliviado de algún peso intolerable, y luego respondió con tono más seguro:

—No tengo forma de decirlo..., pero no puede tener más de cuatro o cinco años. ¿Lo tiene usted aquí?

—Oh, no; en este lugar no disponemos de los medios necesarios para tenerlo. Se halla en una cuadra de la rue Dubourg, cerca de aquí. Podrá recogerlo mañana por la mañana. Por supuesto, vendrá usted preparado para identificar su propiedad.

—No lo dude, señor.

—Lamentaré separarme de él —dijo Dupin.

—No creo que se haya tomado usted todas estas molestias por nada, señor —dijo el hombre—. Ni lo espero. Estoy dispuesto a pagar una recompensa por el hallazgo del animal..., quiero decir, algo razonable.

—Bueno —respondió mi amigo—, todo eso es muy justo, por supuesto. ¡Déjeme pensar! ¿Qué puedo pedirle? ¡Oh! Se lo diré. Mi recompensa será ésta. Me dará usted toda la información que posea acerca de esos crímenes de la rue Morgue.

Dupin dijo estas últimas palabras con un tono muy bajo y

muy tranquilo. Con la misma tranquilidad, se dirigió hacia la puerta, la cerró con llave y se la metió en el bolsillo. Luego sacó una pistola y la depositó, sin el menor apresuramiento, sobre la mesa.

El rostro del marinero enrojeció como si estuviera luchando con la asfixia. Saltó en pie y agarró su bastón; pero al momento siguiente se derrumbó de nuevo en su silla, temblando violentamente y tan pálido como un muerto. No pronunció una palabra. Lo compadecí desde el fondo de mi corazón.

—Amigo mío —dijo Dupin con tono bondadoso—, se alarma usted innecesariamente, se lo aseguro. No pretendemos causarle ningún daño. Le juro por el honor de un caballero y de un francés que nuestra intención no es perjudicarle. Sé perfectamente bien que es usted inocente de las atrocidades de la rue Morgue. No negaré, sin embargo, que en cierta medida se halla usted implicado en ellas. Por lo que ya le he dicho, sabrá que poseo medios de información sobre este asunto, medios en los cuales usted nunca habría soñado. Ahora las cosas están claras. No ha hecho usted nada que pudiera haber evitado..., nada, ciertamente, que le convierta en culpable. Ni siquiera es culpable de robo, cuando hubiera podido robar con toda impunidad. No tiene nada que ocultar. No tiene razón alguna para ocultarlo. Por otra parte, cualquier principio honorable le obliga a confesar todo lo que sepa. Un hombre inocente se halla en estos momentos en prisión, acusado de ese crimen cuyo autor puede usted señalar.

El marinero había recobrado en gran medida su presencia de ánimo cuando Dupin pronunció estas palabras; pero toda su arrogancia original había desaparecido.

—¡Dios me ayude! —exclamó, tras una breve pausa—. Le diré *todo* lo que sé sobre este asunto, pero no espero que crea usted ni la mitad de lo que diga..., yo mismo jamás lo haría. Sin embargo, *soy* inocente, y aunque muera por ello se lo contaré todo.

Lo que declaró fue, en sustancia, esto: recientemente había efectuado un viaje al archipiélago indio. Un grupo, del que formaba parte, desembarcó en Borneo y se dirigió a su interior en una excursión de placer. Él y un compañero capturaron el orangután. La muerte de su compañero hizo que pasara a ser el único y exclusivo propietario del animal. Tras grandes problemas, ocasionados por la intratable ferocidad de su cautivo durante el viaje a casa, finalmente consiguió ponerlo a buen recaudo en su propia residencia en París, donde, para no atraer la desagradable curiosidad de sus vecinos, lo mantuvo cuidadosamente encerrado hasta que el animal se recuperara de una herida en el pie, causada por una astilla en el barco. Su objetivo era venderlo.

Al regresar a casa de una juerga con algunos marineros amigos, por la noche o, mejor dicho, la madrugada del día de los crímenes, halló al animal ocupando su propio dormitorio, al que había irrumpido tras forzar el paso desde la habitación contigua donde, creía él, permanecía encerrado con toda seguridad. Navaja en mano, y completamente enjabonado, estaba sentado ante un espejo, enfrascado en la tarea de intentar afeitarse, una operación que sin duda había observado previamente hacer a su amo a través del agujero de la cerradura. Aterrado ante la visión de un arma tan peligrosa en posesión de un animal tan feroz y tan capaz de usarla, el hombre, durante unos momentos, no supo qué hacer. Sin embargo, se había acostumbrado a apaciguar a la bestia, incluso en sus momentos de mayor ferocidad, mediante el uso de un látigo, y a eso recurrió ahora. Al ver el látigo, el orangután saltó de inmediato fuera de la habitación, bajó las escaleras y, luego, a través de una ventana, desgraciadamente abierta, salió a la calle.

El francés lo siguió, desesperado; el mono, con la navaja aún en la mano, se detenía ocasionalmente para mirar atrás y hacer gestos a su perseguidor, hasta que este último estaba a punto de alcanzarle. Entonces se distanciaba de nuevo. De esta forma prosiguió la persecución durante largo rato. Las calles estaban profundamente tranquilas, pues eran casi las tres de la madrugada. Al pasar por una callejuela en la parte de atrás de la rue Morgue, la atención del fugitivo se vio atraída por una luz que brillaba en la ventana abierta de la habitación de madame L'Espanaye, en el cuarto piso de su casa. Corrió hacia el edificio, vio el cable del pararrayos, trepó por él con una inconcebible agilidad, aferró el postigo, que estaba completamente abierto contra la pared y, por ese medio, saltó directamente sobre el armazón de la cama. Todo aquello ocupó menos de un minuto. El postigo osciló en un rebote y quedó de nuevo abierto una vez el orangután hubo entrado en la habitación.

Mientras tanto, el marinero se sintió a la vez regocijado y perplejo. Tenía ahora muchas esperanzas de volver a capturar al bruto, puesto que difícilmente podía escapar de la trampa en que se había metido, excepto por el cable, donde podía ser interceptado cuando descendiera. Por otra parte, había muchos motivos para preocuparse respecto a lo que podía hacer en la casa. Esta última reflexión animó al hombre a seguir al fugitivo. Es fácil subir por el cable de un pararrayos, especialmente para un marino; pero, cuando llegó a la altura de la ventana, que se hallaba lejos a su izquierda, su carrera se vio detenida; lo máximo que podía lograr era tenderse para echar un vistazo al interior de la habitación. Y cuando hizo esto estuvo a punto de soltar el cable y caer a causa del exceso de horror. Fue entonces cuando brotaron en la noche aquellos horribles chillidos, que despertaron de su sueño a todos los vecinos de la rue Morgue. madame L'Espanaye y su hija, vestidas con sus camisones, habían estado al parecer ocupadas en arreglar algunos papeles en el cofre de hierro ya mencionado, que había sido arrastrado hasta el centro de la estancia. Estaba abierto, y su contenido se hallaba colocado a su lado en el suelo. Las víctimas debían de estar sentadas de espaldas a la ventana; y, en el tiempo transcurrido entre la entrada del animal y los gritos, parece probable que no se hubieran dado cuenta inmediatamente de lo que ocurría. El golpeteo del postigo debió de ser atribuido al viento.

Cuando el marinero miró al interior, el gigantesco animal había agarrado a madame L'Espanaye por el pelo (que llevaba suelto, puesto que lo había estado peinando) y estaba esgrimiendo la navaja ante su rostro, imitando los movimientos de un barbero. La hija yacía postrada e inmóvil; se había desvanecido. Los gritos y forcejeos de la vieja dama (durante los cuales le fue arrancado el pelo de su cabeza) tuvieron el efecto de transformar los probablemente pacíficos propósitos del orangután en pura cólera. Con un decidido barrido de su musculoso brazo, casi seccionó la cabeza de la mujer separándola de su cuerpo. La vista de la sangre convirtió su furia en frenesí. Rechinando los dientes, y llameando fuego por los ojos, saltó sobre el cuerpo de la muchacha y clavó sus terribles garras en su garganta, reteniendo a su presa hasta que expiró. Sus extraviadas y feroces miradas se posaron en aquel momento sobre la cabecera de la mesa, donde el rostro de su amo, rígido por el horror, era apenas discernible. La furia del animal, que sin duda tenía muy presente el temido látigo, se convirtió al instante en miedo. Consciente de que merecía ser castigado, pareció deseoso de ocultar sus sangrientas acciones, y fue de un lado para otro de la habitación en una agonía de excitación nerviosa, derribando y rompiendo los muebles a su paso y arrastrando la cama fuera de su armazón. Finalmente, agarró primero el cadáver de la hija y lo metió chimenea arriba, como sería encontrado; luego tomó el de la vieja dama y lo arrojó de inmediato a través de la ventana.

Mientras el mono se acercaba a la ventana con su mutilada carga, el marinero se aferró aterrado al cable y, más deslizándose que bajándose por él, se fue a toda prisa de vuelta a su casa, temeroso de las consecuencias de la carnicería y abandonando de buen grado, en su terror, cualquier preocupación por el destino del orangután. Las palabras oídas por el grupo en la escalera fueron, pues, las exclamaciones de horror y espanto del francés mezcladas con el diabólico parloteo del bruto.

Apenas tengo nada más que añadir. El orangután debió escapar de la habitación por el cable justo antes de que el grupo violentara la puerta. Debió de cerrar la ventana tras cruzarla. Más tarde fue capturado por su propietario, que obtuvo por él una espléndida suma del *Jardin des Plantes*. Le Bon fue soltado al instante tras nuestra narración de lo ocurrido (con algunos comentarios de Dupin) en el *bureau* del prefecto de policía. Este funcionario, pese a su buena disposición hacia mi amigo, no pudo ocultar por completo su irritación ante el sesgo que habían tomado las cosas, y se permitió pronunciar uno o dos sarcasmos acerca de lo conveniente que sería que todo el mundo se metiera sólo en sus propios asuntos.

—Dejémosle hablar —dijo Dupin, que no había considerado necesario responderle—. Dejemos que diga lo que quiera; eso aliviará su conciencia. Me siento satisfecho de haberle derrotado en su propio castillo. Sin embargo, el hecho de que haya fracasado en la solución de este misterio no es tan extraño como él supone porque, en realidad, nuestro amigo el prefecto es un poco demasiado astuto como para ser profundo. En su sabiduría no hay *base*. Es todo cabeza y nada de cuerpo, como las imágenes de la diosa Laverna o, en el mejor de los casos, todo cabeza y hombros, como un bacalao. Pero, después de todo, es una buena persona. Me gusta especialmente por su rasgo maestro de canto, gracias al cual ha alcanzado su reputación de ingeniosidad. Me refiero a la forma que tiene *"de nier ce qui est, et d'expliquer ce qui n'est pas"*.[1]

[1] Rousseau, *Nouvelle Héloise*. (*N. del A.*)

El misterio de Marie Rogêt

Una secuela de
«Los crímenes de la rue Morgue»[1]

Es gibt eine Reihe idealischer Begebenheiten, die der Wirklichkeit parallel läuft. Selten fallen sie zusammen. Menschen und Zufalle modificieren gewöhnlich die idealische Begebenheit, so dass sie unvollkommen erscheint, und ihre Folgen gleichfalls unvollkommen sind. So bei der Reformation. Statt des Protestantismus kam das Lutherthum hervor.

Hay series ideales de acontecimientos que avanzan paralelas a los reales. Raras veces coinciden. Hombres y circunstancias modifican generalmente la cadena ideal de acontecimientos, de tal modo que parece imperfecta, y sus consecuencias son igualmente imperfectas. Así ocurrió con la Reforma; en vez del protestantismo vino el luteranismo.

Novalis, *Moralische Ansichten*

Hay pocas personas, incluso entre los pensadores más serenos, que no se hayan sobresaltado ocasionalmente y hayan creído a medias, de forma vaga pero estremecedora, en lo sobrenatural, ante *coincidencias* de un carácter aparentemente tan maravilloso que el intelecto es incapaz de recibirlas como *meras* coinciden-

[1] En la publicación original de «Marie Rogêt», las notas a pie de página incluidas aquí fueron consideradas innecesarias, pero el lapso de varios años desde la tragedia sobre la que se basa el relato hace preciso incluirlas, y también decir algunas palabras de explicación del relato en general. Una joven, Mary Cecilia Rogers, fue asesinada en los alrededores de Nueva York, y aunque su muerte ocasionó una intensa y prolongada agitación, el misterio en torno al caso seguía sin resolverse en el momento en que este relato fue escrito y publicado (noviembre de 1842). En él, bajo el pretexto de relatar el destino de una modistilla parisina, el autor ha seguido con minucioso detalle los hechos esenciales, así como los meramente paralelos a éstos, del auténtico asesinato de Mary Rogers. Así, toda argumentación hallada en la ficción es aplicable a la realidad; y la investigación de la realidad y de la verdad es lo que se persigue.

cias. Tales sensaciones —porque las medias creencias de las que hablo nunca tienen toda la fuerza del *pensamiento*— raras veces pueden ser completamente reprimidas, a menos que sea con referencia a la doctrina del azar o, como se lo denomina técnicamente, al cálculo de probabilidades. Este cálculo es, en esencia, puramente matemático; y así nos enfrentamos a la anomalía de la ciencia más rígidamente exacta aplicada a la sombra y la espiritualidad de la más intangible de las especulaciones.

Podrá verse que los extraordinarios detalles que se me pide que haga públicos ahora forman, con respecto a la secuencia temporal, la rama primaria de una serie de *coincidencias* escasamente inteligibles, cuya rama secundaria o final será reconocida por todos los lectores en el reciente asesinato de Mary Cecilia Rogers en Nueva York.

Cuando, en un artículo titulado «Los crímenes de la rue Morgue», me dediqué, hará cosa de un año, a mostrar algunos rasgos realmente notables del carácter mental de mi amigo el caballero C. Auguste Dupin, no se me ocurrió que iba a tener que volver sobre el mismo tema. Mi objetivo era plasmar su carácter, y ese objetivo se logró a través de la cadena de circunstancias que que se concertaron para reflejar la idiosincrasia de Dupin. Hubiera podido añadir otros ejemplos, pero con ellos no hubiera demostrado nada nuevo. Posteriores acontecimientos, sin embargo, me han sobresaltado en su sorprendente desarrollo y me han hecho recordar más detalles que parecen arrastrar el aire de una confesión arrancada a la fuerza. Tras oír lo que últimamente he oído, sería realmente extraño que guardara silencio en relación a lo que vi y oí hace mucho tiempo.

Una vez resuelta la tragedia de las muertes de madame L'Espa-

---

«El misterio de Marie Rogêt» fue compuesto a distancia del escenario de la atrocidad, y sin otros medios de investigación que los periódicos conseguidos. Así, muchos detalles que hubiera podido conseguir de estar en el lugar de los hechos y poder visitar los lugares implicados, escaparon al escritor. No obstante, no sería impropio señalar que las confesiones de *dos* personas (una de ellas la madame Deluc del relato), efectuadas en distintos períodos de tiempo muy posteriores a su publicación, confirmaron plenamente no sólo la conclusión general, sino absolutamente *todos* los principales detalles hipotéticos a partir de los cuales se alcanzó esta conclusión. (*N. del A.*)

naye y su hija, el caballero dejó de inmediato de prestar su atención al asunto y regresó a sus viejas costumbres de melancólica ensoñación. Propenso en todo momento a la abstracción, caí rápidamente en la esfera de su humor; y puesto que seguíamos ocupando nuestras habitaciones en el faubourg Saint-Germain, dejamos a un lado el Futuro y nos asentamos tranquilamente en el presente, entretejiendo en nuestros sueños el apagado mundo que nos rodeaba.

Pero esos sueños no tardaron en verse interrumpidos. Puede suponerse fácilmente que el papel interpretado por mi amigo en el drama de la rue Morgue no había pasado desapercibido a la policía parisina. El nombre de Dupin no tardó en hacerse muy conocido entre sus efectivos. Puesto que la simplicidad de razonamiento de las deducciones mediante las cuales había desentrañado el misterio nunca había sido explicada ni siquiera al prefecto, ni a ningún otro individuo excepto a mí, por supuesto no es sorprendente que el asunto fuera considerado casi como milagroso, o que las habilidades analíticas del caballero adquirieran el crédito de la intuición. Su franqueza le hubiera impulsado a sacar de su error a cualquier curioso que se le hubiera presentado; pero su indolente humor le impedía seguir pensando en un tema cuyo interés, para él, había terminado hacía tiempo. Así, ocurrió que se convirtió en el foco de los ojos de la policía; y no fueron pocos los casos en los cuales se intentó conseguir la colaboración de sus servicios en la prefectura. Uno de los casos más notables fue el del asesinato de una muchacha llamada Marie Rogêt.

Este suceso ocurrió unos dos años después de la atrocidad de la rue Morgue. Marie, cuyo nombre y apellido llamarán en seguida la atención por su parecido a los de la desgraciada "cigarrera" de Nueva York que he mencionado antes, era la hija única de la viuda Estelle Rogêt. El padre había muerto durante la infancia de su hija, y desde su muerte hasta dieciocho meses antes del asesinato que es el tema de nuestra narración, madre e hija vivieron juntas en la rue Pavée Saint-André[1]; allí madame regentaba una *pension*, ayudada por Marie. Los asuntos fueron

[1] Nassau Street. (*N. del A.*)

bien hasta que esta última cumplió los veintidós años, época en que su gran belleza atrajo la atención de un perfumista que ocupaba una de las tiendas en la planta baja del Palais Royal, y cuya clientela principal eran los audaces aventureros que infestaban aquel vecindario. monsieur Le Blanc[1] era muy consciente de las ventajas que la presencia de la hermosa Marie podía reportarle en su perfumería y sus liberales proposiciones fueron aceptadas de buen grado por la muchacha, aunque con algo más de vacilación por madame.

Las esperanzas del comerciante se vieron realizadas, y sus dependencias se hicieron pronto famosas gracias a los encantos de la hermosa modistilla. Llevaba empleada allí un año, cuando sus admiradores se vieron hundidos en la más pura confusión ante su repentina desaparición de la tienda. monsieur Le Blanc fue incapaz de explicar su ausencia, y madame Rogêt se vio sumida en la ansiedad y el terror. Los periódicos se ocuparon de inmediato del tema, y la policía estaba a punto de iniciar ya una seria investigación cuando, una espléndida mañana, tras un lapso de una semana, Marie, en perfecta salud, pero con un aire algo entristecido, hizo su aparición en su mostrador habitual en la perfumería. Toda investigación, excepto las de carácter privado, cesó, por supuesto, de inmediato. monsieur Le Blanc admitió como antes su total ignorancia. Marie, junto con madame, respondió a todas las preguntas que le formularon, diciendo que había pasado la última semana en la casa de unos parientes en el campo. Así murió y fue rápidamente olvidado el asunto, porque la muchacha, ostensiblemente para librarse de la impertinencia de la curiosidad, no tardó en dar su adiós final al perfumista y buscó refugio en la residencia de su madre en la rue Pavée Saint-André.

Unos tres años después de su regreso a casa, sus amigos se sintieron alarmados ante su repentina desaparición por segunda vez. Pasaron tres días sin que nada se supiera de ella. Al cuarto se halló su cadáver flotando en el Sena[2], cerca de la orilla opuesta al

1 Anderson. (*N. del A.*)
2 El Hudson. (*Ídem.*)

quartier de la rue Saint-André, y en un punto no muy distante del aislado vecindario de la Barrière du Roule[1].

La atrocidad de aquel asesinato (porque se hizo evidente de inmediato que se trataba de un asesinato), la juventud y la belleza de la víctima y, sobre todo, su anterior notoriedad, conspiraron para crear una intensa conmoción en las mentes de los sensibles parisinos. No puedo recordar que ningún caso similar produjera un efecto tan general y tan intenso. Durante varias semanas, en medio de las discusiones sobre aquel absorbente tema, incluso los importantes asuntos políticos del día fueron olvidados. El prefecto llevó a cabo inusuales esfuerzos y, por supuesto, todos los efectivos de la policía parisina se pusieron en movimiento.

Tras el descubrimiento del cadáver, no se supuso que el asesino fuera capaz de eludir, durante más que un breve período, la investigación que se puso inmediatamente en marcha. No fue hasta después de que transcurriera una semana que se consideró necesario ofrecer una recompensa e, incluso entonces, esta recompensa se limitó a mil francos. Mientras tanto, las investigaciones siguieron con vigor, aunque no siempre con buen criterio, y numerosos individuos fueron interrogados en vano; mientras, debido a la ausencia de cualquier indicio que resolviera el misterio, la excitación popular fue creciendo enormemente. A finales del décimo día se consideró aconsejable doblar la suma ofrecida originalmente; y al fin, transcurrida la segunda semana sin haberse llegado a ningún descubrimiento, y tras producirse varias serias *émeutes* a causa de los prejuicios que siempre existen en París contra la policía, el prefecto tomó la decisión de ofrecer la suma de veinte mil francos "por la identificación del asesino" o, si se demostraba que estaban implicados más de uno, "por la identificación de cada uno de ellos". En la proclama donde se ofrecía la recompensa se prometía el perdón total a cualquier cómplice que presentara pruebas contra su coautor; y en todos los lugares donde fue exhibida se añadió un

[1] Weehawken. (*N. del A.*)

cartel privado de un comité de ciudadanos que ofrecía diez mil francos más, además de la cantidad propuesta por la prefectura. Así, la recompensa total ascendía nada menos que a treinta mil francos, cantidad que puede considerarse como suma extraordinaria si tenemos en cuenta la humilde condición de la muchacha y la gran frecuencia, en las grandes ciudades, de atrocidades como la descrita.

Nadie dudaba ahora que el misterio de este asesinato quedaría desvelado de inmediato. Pero aunque, en uno o dos casos, se efectuaron arrestos que prometían su elucidación, no pudo averiguarse nada que pudiera implicar a los sospechosos. Por extraño que pueda parecer, a la tercera semana del descubrimiento del cadáver seguía sin haberse arrojado ninguna luz sobre el tema, sin que un rumor de los acontecimientos que tanto habían agitado la opinión pública hubiera alcanzado todavía los oídos de Dupin y míos. Dedicados a investigaciones que habían absorbido toda nuestra atención, transcurrió casi un mes antes de que ninguno de los dos saliéramos, o recibiéramos alguna visita, o hiciéramos algo más que echar una ojeada a los principales artículos políticos en alguno de los diarios. La primera noticia del asesinato nos la trajo G... en persona. Nos llamó a primera hora de la tarde del 13 de julio de 18..., y permaneció con nosotros hasta última hora de la noche. Estaba dolido por el fracaso de todos sus esfuerzos por detener a los asesinos. Su reputación —o eso dijo, con un aire peculiarmente parisino— estaba en juego. Incluso su honor se hallaba en entredicho. Los ojos del público estaban fijos en él; y realmente, no había ningún sacrificio que no estuviera dispuesto a hacer para la resolución del misterio. Concluyó su un tanto risible discurso con un cumplido hacia lo que denominó el *tacto* de Dupin, y le hizo una directa y ciertamente liberal proposición, cuya naturaleza exacta no me siento en libertad de revelar, pero que tampoco tiene ninguna relación directa con el tema de esta narración.

Mi amigo rechazó el cumplido de la mejor manera que pudo, pero aceptó de inmediato la proposición, aunque sus ventajas eran totalmente momentáneas. Una vez llegados a un acuerdo, el prefecto se lanzó de inmediato a explicar sus propios puntos de vista, intercalándolos con largos comentarios sobre las pruebas, de las que no sabíamos todavía nada. Su discurso fue prolijo y, sin la menor duda, erudito, salpicado por ocasionales sugerencias por mi parte de que la noche nos estaba invitando ya a irnos a dormir. Dupin, sentado en su sillón habitual, era la encarnación misma de la atención respetuosa. Llevó gafas durante toda la entrevista; y las ocasionales miradas que dirigí más allá de sus gafas verdes bastaron para convencerme de que su sueño no hubiera podido ser menos profundo durante las siete u ocho pesadas horas que precedieron inmediatamente a la partida del prefecto.

Por la mañana obtuve en la prefectura un informe completo de todas las declaraciones obtenidas y, en las oficinas de varios periódicos, un ejemplar de cada uno en los que se había publicado cualquier información decisiva respecto a aquel triste asunto. Tras efectuar una selección que eliminó todo aquello que no había sido probado, el cúlmulo de información quedó como sigue:

Marie Rogêt abandonó la residencia de su madre, en la rue Pavée Saint-André, hacia las nueve de la mañana del domingo 22 de junio de 18... Al salir contó a monsieur Jacques Saint-Eustache[1], y sólo a él, su intención de pasar el día con una tía que residía en la rue des Drômes. La rue des Drômes es una callejuela corta y estrecha pero populosa, no lejos de la orilla del río, y a una distancia de unos tres kilómetros, siguiendo el curso más recto posible, de la *pension* de madame Rogêt. Saint-Eustache era el pretendiente reconocido de Marie y se alojaba y comía en la *pension*. Tenía que ir a buscar a su novia al anochecer y escoltarla de vuelta a su casa. Por la tarde, sin embargo, se puso a llover con fuerza; y, suponiendo que la muchacha se quedaría toda la noche con su tía (como había hecho otras veces antes bajo circunstancias similares), no creyó necesario mantener su promesa. A medida que avanzaba la noche, se oyó expresar a madame Rogêt (que era una vieja dama enferma de setenta años) su temor de que «no

[1] Payne. (*N. del A.*)

iba a ver nunca más a Marie», pero su observación atrajo poca atención en aquellos momentos.

El lunes se comprobó que la muchacha no había estado en la rue des Drômes; y cuando hubo transcurrido todo el día sin noticias de ella, se organizó una búsqueda tardía en varios puntos de la ciudad y sus alrededores. Sin embargo, no fue hasta el cuarto día desde su desaparición que se supo algo concreto sobre ella. Aquel día (miércoles 25 de junio), un tal monsieur Beauvais[1] que, con un amigo, había estado haciendo indagaciones en busca de Marie cerca de la Barrière du Roule, en la orilla del Sena opuesta a la rue Pavée Saint-André, fue informado de que unos pescadores acababan de sacar a la orilla un cadáver que habían hallado flotando en el río. Tras ver el cuerpo, Beauvais, tras cierta vacilación, lo identificó como el de la muchacha de la perfumería. Su amigo lo reconoció antes.

El rostro estaba lleno de oscura sangre coagulada, parte de la cual había brotado de su boca. No se apreciaba espuma, como es el caso en la gente que simplemente se ha ahogado. No había decoloración en el tejido celular. En la garganta había contusiones e impresiones de dedos. Los brazos estaban doblados sobre el pecho y rígidos. La mano derecha estaba fuertemente cerrada; la izquierda parcialmente abierta. En la muñeca izquierda había dos excoriaciones circulares, al parecer el efecto de cuerdas, o de una cuerda a la que se hubiera dado más de una vuelta. Una parte de la muñeca derecha también estaba muy excoriada, lo mismo que toda su espalda, pero muy especialmente los omóplatos. Para traer el cadáver a la orilla los pescadores lo habían atado con una cuerda; pero ninguna de las excoriaciones había sido causada por eso. La carne del cuello estaba tumefacta. No había cortes evidentes, ni contusiones que parecieran efecto de golpes. Se halló un trozo de cinta atado tan fuertemente a su cuello que al principio quedó oculto a la vista; estaba profundamente enterrada en la carne, y sujeta con un nudo justo debajo de la oreja izquierda. Sólo esto hubiera sido suficiente para producir la muerte. El tes-

[1] Crommelin. (*N. del A.*)

timonio médico garantizó con seguridad la virtud de la fallecida. Había sido sometida, dijo, a una violencia brutal. Pese a las condiciones en que estaba el cadáver cuando fue hallado, no hubo ninguna dificultad en identificarlo por parte de sus amigos.

La ropa estaba muy desgarrada y en un completo desorden. En el vestido, una tira, de unos treinta centímetros de ancho, había sido rasgada hacia arriba desde el dobladillo inferior hasta la cintura, pero no arrancada. Estaba enrollada con tres vueltas alrededor de la cintura, y sujeta por una especie de fuerte nudo en la espalda. La ropa inmediatamente debajo del vestido era de muselina fina; y de ella había sido arrancada por completo una tira de cuarenta y cinco centímetros de ancho, desgarrada con mucha precisión y cuidado. Fue hallada alrededor de su cuello, un tanto suelta, y asegurada con un fuerte nudo. Sobre esta tira de muselina y la cinta estaban atados los cordones de un sombrero; el sombrero colgaba de ellos. El nudo que ataba los cordones del sombrero no era como los que hacen las mujeres, sino un nudo típico de marinero.

Una vez identificado el cadáver, no fue llevado como de costumbre a la morgue (puesto que esta formalidad era superflua), sino enterrado apresuradamente no lejos del lugar donde fue sacado a la orilla. Gracias a las gestiones de Beauvais, el asunto fue silenciado con gran diligencia en la medida de lo posible; y transcurrieron varios días antes de que el público se enterara de él. Un semanario[1], sin embargo, recogió finalmente el tema; el cadáver fue desenterrado y se efectuó un detenido examen; pero no se pudo sacar nada en claro más allá de lo que ya se había registrado. Las ropas, sin embargo, fueron presentadas a la madre y amigos de la fallecida, y plenamente identificadas como las llevadas por la muchacha cuando salió de casa.

Mientras tanto, la excitación crecía de hora en hora. Varios individuos fueron arrestados y luego dejados en libertad. Saint-Eustache se convirtió en el más sospechoso, y al principio no pudo ofrecer ninguna coartada razonable de lo que había hecho

[1] *The New York Mercury.* (N. del A.)

durante el domingo después de que Marie abandonara su casa. Posteriormente, sin embargo, presentó pruebas a monsieur G... que justificaban satisfactoriamente cada hora de aquel día en cuestión. A medida que transcurría el tiempo y no se producía ningún descubrimiento, empezaron a circular un millar de rumores contradictorios, y los periodistas emplearon la *suggestion*. Entre esas sugerencias, la que atrajo más la atención fue la idea de que Marie Rogêt vivía todavía, que el cadáver hallado en el Sena era el de alguna otra desgraciada. Creo interesante ofrecer al lector algunos párrafos que encarnan la sugerencia aludida. Estos párrafos son traducción *literal* de *L'Étoile*[1], un periódico dirigido, en general, con mucha habilidad.

«Mademoiselle Rogêt abandonó la casa de su madre el domingo 22 de junio de 18... por la mañana, con el aparente propósito de ir a ver a su tía, o algún otro familiar, en la rue des Drômes. Desde entonces no se ha demostrado que la viera nadie. No hay huellas o indicios respecto a ella... De hecho, hasta ahora no se ha presentado ninguna persona que la viera aquel día después de que saliera por la puerta de casa de su madre. Aunque no tenemos ninguna evidencia de que Marie Rogêt estuviera en la tierra de los vivos después de las nueve de la mañana del domingo 22 de junio, tenemos pruebas de que, a aquella hora, estaba viva. El miércoles al mediodía, a las doce, se descubrió el cuerpo de una mujer flotando junto a la orilla de la Barrière du Roule. Aun suponiendo que Marie Rogêt fuera arrojada al río antes de que hubieran transcurrido tres horas desde que abandonó la casa de su madre, sólo habían transcurrido tres días desde el momento de su marcha, tres días exactos. Pero es una locura suponer que el asesinato, si se cometió asesinato sobre su cuerpo, fuera consumado lo bastante pronto como para permitir a los asesinos arrojar el cuerpo al río antes de medianoche. Quienes son culpables de tan horribles crímenes escogen la oscuridad antes que la luz... Así, vemos que si el cuerpo hallado en el río *era* el de Marie Rogêt, sólo pudo haber permanecido en el agua dos días y me-

[1] *The New York Brother Jonathan*, dirigido por el Sr. H. Hastings Weld. (*N. del A.*)

dio, o tres a lo sumo. La experiencia ha demostrado que los cuerpos ahogados, o arrojados al agua inmediatamente después de su muerte violenta, necesitan de seis a diez días para que se produzca la descomposición suficiente como para arrastrarlos de nuevo a la superficie. Incluso cuando es disparado un cañón sobre un cadáver, y éste se eleva antes de al menos cinco o seis días de inmersión, se hunde de nuevo, si se le abandona a sí mismo. Ahora nos preguntamos, ¿cuál fue en este caso el motivo de que se alterara el curso normal de la naturaleza? Si el cuerpo hubiera sido mantenido en su mutilado estado en la orilla hasta el martes por la noche, se hubiera hallado en esa orilla alguna huella de los asesinos. También es dudoso que el cuerpo hubiera vuelto a flotar tan pronto, aunque fuera arrojado al agua después de permanecer muerto dos días. Y, además, es altamente improbable que cualquier criminal que hubiera cometido un asesinato como el aquí supuesto arrojara el cuerpo al agua sin ningún peso para mantenerlo hundido, cuando hubiera sido muy fácil tomar esa precaución.»

El redactor procede aquí a argumentar que el cuerpo debió de permanecer en el agua "no simplemente tres días, sino al menos cinco veces tres días", porque estaba tan descompuesto que Beauvais tuvo grandes dificultades en identificarlo. Este último punto, sin embargo, fue totalmente rebatido. Sigo transcribiendo:

«¿Cuáles son, entonces, los hechos sobre los cuáles monsieur Beauvais dice que no tiene dudas respecto a que el cadáver era el de Marie Rogêt? Rasgó la manga de su vestido, y dice que halló marcas que le confirmaron la identidad. El público en general supuso que esas marcas consistirían en algún tipo de cicatriz. El hombre frotó el brazo y halló *vello* en él, algo tan indefinido, creemos, como puede llegar a imaginarse, y tan poco concluyente como hallar un brazo dentro de la manga. monsieur Beauvais no regresó aquella noche, pero envió noticia a madame Rogêt, a las siete de la tarde del miércoles, de que se estaba efectuando una investigación acerca de su hija. Aun admitiendo que madame Rogêt, por su edad y su dolor, no pudiera personarse en el lugar de los hechos (lo cual es admitir mucho), ciertamente tuvo que haber alguien que pensara que valía la pena ir a echar un vistazo a la investigación, si creían que el cuerpo era el de Marie. Nadie se presentó. Ni se dijo ni se supo nada sobre el asunto en la rue Pavée Saint-André que llegara a oídos de los ocupantes del edificio. monsieur Saint-Eustache, el pretendiente y futuro esposo de Marie, que se alojaba en casa de su madre, declara que no supo nada del descubrimiento del cadáver hasta la mañana siguiente, cuando monsieur Beauvais acudió a su habitación y se lo dijo. Nos sorprende que una noticia de esa índole fuera tan fríamente recibida.»

De esta forma el periódico creaba la impresión de una apatía por parte de los familiares de Marie, incoherente con la suposición de que esos familiares creyeran realmente que el cadáver era el suyo. Sus insinuaciones se concretaban en lo siguiente: que Marie, con la complicidad de sus amigos, se había ausentado de la ciudad por razones que implicaban una acusación contra su castidad; y que esos amigos, ante el descubrimiento de un cadáver en el Sena, que se parecía en algo a la muchacha, habían aprovechado la oportunidad para convencer al público de su muerte. Pero *L'Étoile* se precipitaba de nuevo. Se demostró claramente que no existía ninguna apatía como la imaginada; que la vieja dama estaba terriblemente débil, y tan agitada, que era incapaz de ocuparse de nada; que Saint-Eustache, lejos de recibir la noticia con frialdad, estaba abrumado por el dolor, y se comportó de una manera tan frenética que monsieur Beauvais tuvo que recurrir a un amigo y a un familiar para que se ocuparan de él y le impidieran asistir al examen de la exhumación. Más aún, aunque *L'Étoile* afirmó que el cadáver fue enterrado de nuevo a expensas públicas, que la ventaja de una sepultura privada fue absolutamente declinada por la familia, y que ningún miembro de la familia asistió a la ceremonia —aunque, digo, todo esto fue afirmado por *L'Étoile* para apoyar su tesis—, *todo* fue satisfactoriamente refutado. En un número posterior del periódico se intentó arrojar las sospechas sobre Beauvais. El redactor dice:

«Acaba de producirse un cambio en el asunto. Se nos ha dicho que, en una ocasión, mientras una tal madame B... estaba en la casa de madame Rogêt, monsieur Beauvais, que salía, le dijo que esperaban a un gendarme y que ella, madame B..., no debía decirle nada al gendarme hasta que él regresara, y dejar que él se ocupara del caso... En el estado actual de las cosas, monsieur Beauvais parece tener todo el asunto en su cabeza. No puede darse un solo paso sin monsieur Beauvais; porque, hacia cualquier lado que vaya uno, tropieza con él... Por alguna razón, ha decidido que nadie debe tener nada que ver con la investigación excepto él, y ha echado a un lado a los familiares masculinos, según parece, de una manera muy singular. Parece mostrarse muy obstinado en impedir que los demás familiares vean el cadáver.»

El siguiente hecho proporcionó algo de color a las sospechas arrojadas de este modo sobre Beauvais. Un visitante en su oficina, unos pocos días antes de la desaparición de la muchacha, y durante la ausencia de su ocupante, observó *una rosa* en el agujero de la cerradura de la puerta, y el nombre "Marie" escrito en una pizarra que colgaba cerca.

La impresión general, por todo lo que podíamos deducir de los periódicos, parecía ser que Marie había sido víctima de *una pandilla* de peligrosos malhechores, que la condujeron al otro lado del río, la maltrataron y la asesinaron. *Le Commerciel*[1], sin embargo, un periódico de mucha influencia, se mostró serio a la hora de combatir esta idea popular. Cito un párrafo o dos de sus columnas:

«Estamos persuadidos de que se ha seguido una falsa pista en cuanto a dirigir las pesquisas hacia la Barrière du Roule. Es imposible que una persona tan conocida por miles de conciudadanos como era esa joven hubiera recorrido tres manzanas sin que nadie la viera; y cualquiera que la hubiera visto la habría recordado, porque llamaba la atención a todo quien la conocía. Las calles estaban llenas de gente cuando salió... Es imposible que hubiera ido hasta la Barrière du Roule, o hasta la rue des Drômes, sin ser reconocida por una docena de personas; sin embargo, nadie ha declarado haberla visto fuera de la puerta de su ma-

[1] *New York Journal of Commerce.* (N. del A.)

dre, y no hay ninguna evidencia, excepto el testimonio relativo a sus *expresadas intenciones*, de que saliera siquiera de su casa. Su ropa estaba desgarrada, enrollada alrededor de su cuello y atada, y esto hace suponer que el cuerpo fue llevado como un fardo. Si el asesinato se cometió en la Barrière du Roule, no hubiera habido necesidad de nada de eso. El hecho de que el cuerpo fuera hallado flotando cerca de la Barrière no es prueba de que fuera arrojado allí al agua... Un trozo de las enaguas de la desgraciada muchacha, de sesenta centímetros de largo por treinta de ancho, fue arrancado y atado debajo de su barbilla y alrededor de su nuca, probablemente para impedir que gritara. Eso lo hizo gente que no llevaba pañuelos de bolsillo.»

Un día o dos antes de que nos visitara el prefecto, sin embargo, llegó a la policía una información importante que echó por tierra al menos la parte principal de la argumentación de *Le Commerciel*. Dos niños, hijos de madame Deluc, mientras vagabundeaban entre los árboles cerca de la Barrière du Roule, entraron por azar en un denso soto, dentro del cual había tres o cuatro grandes piedras formando una especie de asiento, con un respaldo y un escabel. Sobre la piedra superior había unas enaguas blancas; en la segunda un chal de seda. Se encontraron también una sombrilla, guantes y un pañuelo. El pañuelo llevaba bordado el nombre "Marie Rogêt". Se descubrieron fragmentos de vestido en las zarzas de alrededor. La tierra estaba pisoteada, algunas plantas rotas, y había evidencias claras de un forcejeo. Entre el soto y el río se hallaron unas cercas derribadas, y el suelo mostraba evidencias de que por él se había arrastrado algún objeto pesado.

Un semanario, *Le Soleil*[1], hizo los siguientes comentarios sobre el descubrimiento, comentarios que simplemente hacían eco de los pensamientos de la prensa parisina:

«Esas cosas llevaban allí evidentemente al menos tres o cuatro semanas; estaban completamente apelmazadas y enmohecidas por la acción de la lluvia. La hierba había crecido alrededor

[1] *Philadelphia Saturday Evening Post*, dirigido por el Sr. C. J. Peterson. (*N. del A.*)

y por encima de algunas de ellas. La seda de la sombrilla era fuerte, pero las fibras se habían adherido unas a otras. La parte superior, allá donde estaba doblada y plegada, estaba toda enmohecida, y se desgarró al abrirla... Los jirones de ropa desgarrados junto a la maleza tenían unos ocho centímetros de ancho por quince de largo. Una parte era el dobladillo del vestido, y estaba remendado; el otro trozo era parte de la falda, pero no el dobladillo. Parecían como tiras arrancadas, y estaban sobre unas zarzas, a algo más de un palmo del suelo... En consecuencia, no hay dudas de que se ha descubierto el lugar de esa abominable atrocidad.»

A raíz de este descubrimiento aparecieron nuevas evidencias. madame Deluc testificó que regenta un hotel junto a la carretera no lejos de la orilla del río, frente a la Barrière du Roule. El vecindario es solitario..., muy solitario. Los domingos es el punto de reunión habitual de los canallas de la ciudad, que cruzan el río en barcas. Hacia las tres de la tarde del domingo en cuestión llegó una joven al hotel, acompañada por un hombre de complexión morena. Ambos permanecieron allí durante algún tiempo. Cuando se marcharon, se dirigieron hacia un grupo de espesos árboles cercanos. La atención de madame Deluc se vio atraída por el vestido que llevaba la muchacha, debido a que se parecía mucho a uno llevado por una familiar suya fallecida. Reparó especialmente en un chal. Poco después de la marcha de la pareja, apareció una pandilla de alborotadores que organizaron un gran jaleo, comieron y bebieron sin pagar, siguieron el camino de la joven pareja, regresaron al hotel hacia el anochecer, y volvieron a cruzar el río como si tuvieran mucha prisa.

Fue poco después de oscurecer, aquella misma tarde, que madame Deluc, junto con su hijo mayor, oyó los gritos de una mujer en las inmediaciones del hotel. Los gritos fueron violentos pero breves. Madame D... reconoció no sólo el chal que había sido hallado en los matorrales sino el vestido que llevaba el cadáver. Un conductor de autobús, Valence[1], testificó también

[1] Adam. (*N. del A.*)

que vio a Marie Rogêt cruzar el Sena en un transbordador aquel domingo en cuestión, en compañía de un joven de complexión morena. Él, Valence, conocía a Marie, y era imposible que se confundiera acerca de su identidad. Los objetos hallados en el soto fueron plenamente identificados por los familiares de Marie.

Las evidencias y la información así reunida de los periódicos por mí, a sugerencia de Dupin, abarcaban solamente otro punto, pero al parecer de enorme importancia. Parece que, inmediatamente después del descubrimiento de la ropa tal como se describe más arriba, se halló el cuerpo sin vida, o casi sin vida, de Saint-Eustache, el pretendiente de Marie, en las inmediaciones de lo que ahora todos suponían que había sido el escenario de la atrocidad. Un frasco etiquetado "láudano", vacío, fue hallado a su lado. Su aliento olía al veneno. Murió sin llegar a hablar. Sobre su persona se halló una carta, afirmando brevemente su amor por Marie y su intención de suicidarse.

—No necesito decirle —indicó Dupin cuando terminó de examinar mis notas— que este caso es mucho más intrincado que el de la rue Morgue, del que difiere en un aspecto muy importante. Se trata éste de un caso de crimen *ordinario*, por atroz que sea. No hay nada peculiarmente *outré* en él. Observará que, por esta razón, el misterio fue considerado de solución fácil cuando, por esta misma razón, hubiera debido ser considerado difícil. Así, al principio, se consideró innecesario ofrecer una recompensa. Los hombres de G... se creyeron capaces de averiguar de inmediato cómo y por qué *podía haber sido* cometida tamaña atrocidad. Pudieron imaginar un modo (muchos modos) y un motivo (muchos motivos); y puesto que no era imposible que cualquiera de esos numerosos modos y motivos hubiera *podido* ser el auténtico, han dado por sentado que uno de ellos *debía* serlo. Pero la facilidad con que fueron elaboradas esas variables suposiciones, y su misma plausibilidad, hubiera debido ser entendida más bien como una indicación de las dificultades antes que de las facilidades de su resolución. He observado antes que es saliéndose del plano de lo ordinario que la razón se abre camino en su búsqueda de la verdad, y que la pregunta adecuada en casos como éste no es tanto "¿qué ha ocurrido?" como "¿qué ha ocurrido que nunca había ocurrido antes?" En las investigaciones en la casa de madame L'Espanaye[1], los agentes de G... se vieron desalentados y confundidos ante la absoluta *singularidad* del caso, lo cual, para una inteligencia adecuadamente regulada, significaba en principio más seguro presagio de éxito; mientras que este mismo intelecto hubiera podido sumirse en la desesperación ante el carácter ordinario de todo lo que tenemos ante nuestros ojos en el caso de la muchacha perfumista, que todavía no nos ha revelado nada excepto el fácil triunfo de los funcionarios de la prefectura.

»En el caso de madame L'Espanaye y su hija no hubo, ni siquiera al inicio de la investigación, ninguna duda de que se había cometido un crimen. La idea del suicidio quedó excluida de inmediato. Aquí también nos vemos libres, desde un principio, de toda suposición de muerte autoinfligida. El cuerpo hallado en la Barrière de Roule fue hallado bajo tales circunstancias que no nos deja ninguna duda respecto a este importante punto. Pero se ha sugerido que el cadáver descubierto no era el de Marie Rogêt, por la entrega de cuyo asesino, o asesinos, se ha ofrecido una recompensa, y respecto a la cual únicamente se ha llegado a un acuerdo con el prefecto. Ambos conocemos bien a ese caballero. No se puede confiar demasiado en él. Si, basando nuestras investigaciones en el cuerpo hallado, y rastreando desde allí a su asesino, descubrimos que el cadáver es de alguna otra persona distinta a Marie; o si, empezando sobre el supuesto de que Marie vive, la hallamos y descubrimos que no ha sido asesinada, en ambos casos perderemos nuestro trabajo; puesto que es con monsieur G... con quien tenemos que tratar. En consecuencia, para nuestros propósitos, si no para los propósitos de la justicia, es indispensable que nuestros primeros pasos se dirijan a determinar la identidad del cadáver con respecto a la desaparecida Marie Rogêt.

[1] Ver *Los crímenes de la rue Morgue*. (N. del A.)

»Las argumentaciones de *L'Étoile* han tenido peso entre el público; y que el periódico en sí está convencido de su importancia se hace evidente por la forma en que empieza uno de sus ensayos sobre el tema: "Varios periódicos de la mañana de hoy —dice— hablan del *concluyente* artículo de *L'Étoile* del lunes." Para mí, este artículo parece concluyente tan sólo en lo que respecta al celo de su redactor. Debemos recordar que, en general, el objetivo de nuestros periódicos es más el crear una opinión, impresionar a sus lectores, que defender la causa de la verdad. Este último fin se persigue tan sólo cuando coincide con el primero. El periódico que simplemente concuerda con la opinión general (por bien fundada que esté esta opinión) no consigue ningún crédito entre su público. La masa considera como profundo sólo lo que sugiere *punzantes contradicciones* respecto a la idea general. En la racionalización, como en la literatura, lo más inmediatamente y lo más universalmente apreciado es el *epigrama*. En ambas se halla en el orden de mérito más bajo.

»Lo que quiero decir es que la mezcla de epigrama y melodrama de la idea de que Marie Rogêt todavía está viva, antes que la auténtica plausibilidad de esta idea, es lo que ha sugestionado a *L'Étoile* y le ha asegurado una recepción favorable entre el público. Examinemos los titulares de la argumentación de este periódico; y observemos la incoherencia planteada desde un principio.

»La primera meta del redactor es demostrar, a partir de la brevedad del intervalo entre la desaparición de Marie y el hallazgo del cadáver flotando en las aguas, que este cadáver no puede ser el de Marie. La reducción de este intervalo a su más pequeña dimensión posible se convierte, pues, de inmediato, en el objetivo del razonador. En la vehemente persecución de este objetivo, se lanza desde un principio a meras suposiciones. "Es una locura suponer —dice— que el asesinato, si se cometió asesinato sobre su cuerpo, fuera consumado lo bastante pronto como para permitir a los asesinos arrojar el cuerpo al río antes de medianoche." De inmediato nos preguntamos, y de una forma muy natural, *¿por qué?* ¿Por qué es una locura suponer que el asesinato fue cometido *a los cinco minutos* de que la muchacha abandonara la casa de su madre? ¿Por qué es una locura suponer que el asesinato fue cometido en cualquier período dado de ese día? Se cometen asesinatos a toda hora. Pero, si el asesinato hubiera tenido lugar en cualquier momento entre las nueve de la mañana del domingo y un cuarto de hora antes de la medianoche, todavía habría habido tiempo suficiente para "arrojar el cuerpo al río antes de medianoche". Esta suposición, pues, se reduce precisamente a esto, a que el asesinato no fue cometido el domingo, y si permitimos a *L'Étoile* suponer esto, podemos permitirle cualquier otra libertad que quiera. El párrafo que empieza "Es una locura suponer que el asesinato, etc.", aunque aparece impreso así en *L'Étoile*, puede imaginarse que fue concebido realmente *así* en el cerebro de su redactor: "Es una locura suponer que el asesinato, si se cometió asesinato sobre el cuerpo, fuera cometido lo bastante pronto como para permitir a sus asesinos arrojar el cuerpo al río antes de medianoche; es una locura, decimos, suponer todo esto, y suponer al mismo tiempo (como estamos dispuestos a suponer) que el cuerpo *no* fue arrojado hasta *después* de medianoche", una frase lo bastante inconsecuente en sí misma, pero no tan absolutamente ridícula como la impresa.

»Si mi propósito —prosiguió Dupin— fuera simplemente *refutar* este párrafo de la argumentación de *L'Étoile*, lo hubiera dejado tranquilamente tal cual. Sin embargo, no es de *L'Étoile* de quien debemos ocuparnos, sino de la verdad. La frase en cuestión sólo tiene un significado, y ese significado ha quedado suficientemente claro; pero es importante que vayamos más allá de las meras palabras en busca de una idea que han pretendido obviamente comunicar y han fracasado. El objetivo del periodista era decir que, fuera cual fuese el período del día o de la noche del domingo en que el asesinato fue cometido, era improbable que los asesinos se hubieran aventurado a llevar el cadáver hasta el río antes de medianoche. Y ahí reside realmente la suposición de la que me quejo. Se supone que el asesinato fue cometido en un lugar y bajo unas circunstancias que hicieron necesario *trasladarlo* hasta el río. Sin embargo, el asesinato pudo producirse en la orilla del río, o en el mismo río; y así, el hecho de arrojar el cadáver al agua hubiera resultado ser, en cualquier momento del día o de la noche, el modo más obvio y más inmediato de desembarazarse de él. Comprenderá usted que aquí no sugiero nada como probable, o que coincida con mi propia opinión. Mi intención, hasta el momento, no se refiere a los *hechos* del caso. Deseo simplemente ponerle en guardia contra el tono general de la *insinuación* de *L'Étoile* llamando su atención a su carácter de *ex parte* desde el principio.

»Tras haberle prescrito así un límite a sus propias ideas preconcebidas; tras haber supuesto que, si se trataba realmente del cuerpo de Marie, sólo podía haber permanecido en el agua un breve tiempo, el periódico sigue diciendo: "La experiencia ha demostrado que los cuerpos ahogados, o arrojados al agua inmediatamente después de su muerte violenta, necesitan de seis a diez días para que se produzca la descomposición suficiente como para llevarlos de nuevo a la superficie. Incluso cuando es disparado un cañón sobre un cadáver, y éste se eleva antes de al menos cinco o seis días de inmersión, se hunde de nuevo, si se le abandona a sí mismo."

»Estas afirmaciones han sido tácitamente aceptadas por todos los periódicos de París, con excepción de *Le Moniteur*[1]. Este último se dedica a rebatir esta parte del párrafo que hace referencia a los "cuerpos ahogados", citando unos cinco o seis casos en los que cadáveres de individuos que se sabe que murieron ahogados fueron hallados flotando tras transcurrir menos tiempo que el insistido en *L'Étoile*. Pero hay algo excesivamente poco filosófico en *Le Moniteur* a la hora de rechazar la afirmación general de *L'Étoile* citando algunos casos que desmienten esa afirmación. Se hubieran podido presentar cincuenta en vez de cinco ejemplos de cadáveres hallados flotando al cabo de dos o tres días, y esos cincuenta ejemplos todavía podrían ser considerados sólo como excepciones a la regla de *L'Étoile*, hasta que esta regla pudiera ser refutada. Admitiendo la regla (y esto *Le Moniteur* no lo niega, insistiendo tan sólo en sus excepciones), la argumentación de

[1] *The New York Commerial Advertiser*, dirigido por el coronel Stone. (*N. del A.*)

L'Étoile conserva toda su fuerza; porque su argumentación no pretende implicar más que una cuestión de la *probabilidad* de que el cadáver subiera a la superficie en menos de tres días; y esta probabilidad está en favor de la postura de *L'Étoile* hasta que los ejemplos tan infantilmente aducidos sean suficientes en número como para establecer una regla antagónica.

»Verá usted de inmediato que una argumentación de este tipo debería dirigirse si acaso contra la propia regla; y con ese fin debemos examinar su razonamiento principal. El cuerpo humano, en general, no es ni mucho más ligero ni mucho más pesado que el agua del Sena; es decir, el peso específico del cuerpo humano, en su condición natural, es casi igual a la masa de agua dulce que desplaza. Los cuerpos de las personas gruesas y entradas en carne, con huesos pequeños, y en general de las mujeres, son más ligeros que los de las personas delgadas y de huesos grandes, y de los hombres; y el peso específico del agua de un río se halla un tanto influenciado por la presencia del reflujo del mar. Pero, desechando este reflujo, puede decirse que *muy pocos* cuerpos humanos se hunden totalmente, incluso en agua dulce, *aunque lo intenten*. Casi cualquiera que caiga a un río puede flotar, si deja que el peso específico del agua se equilibre con el suyo, es decir, si deja que toda su persona se sumerja excepto la mínima parte posible. La posición adecuada para alguien que no sabe nadar es la posición erguida de quien camina por tierra firme, con la cabeza echada completamente hacia atrás y sumergida, dejando que sólo la boca y las fosas nasales permanezcan por encima de la superficie. Situados de este modo, descubriremos que todos flotamos sin dificultad y sin hacer ningún esfuerzo. Es evidente, sin embargo, que el peso específico del cuerpo, y el de la masa de agua desplazada, se hallan muy exquisitamente equilibrados, y que cualquier circunstancia hará que cualquiera de los dos se sitúe por delante del otro. Por ejemplo, alzar un brazo del agua, y privar así al cuerpo de su apoyo, es un peso adicional suficiente como para sumergir toda la cabeza, mientras que la ayuda accidental del más pequeño trozo de madera nos permitirá elevar la cabeza para mirar a nuestro alrededor. Ahora bien, en los esfuerzos que hace una persona no acostumbrada a nadar, los brazos son invariablemente echados hacia arriba, mientras que se intenta mantener la cabeza en su habitual posición perpendicular. El resultado es la inmersión de boca y nariz, y la penetración, durante los esfuerzos por respirar mientras uno se halla bajo la superficie, de agua en los pulmones. También se recibe una buena cantidad en el estómago, y todo el cuerpo se vuelve así más pesado por la diferencia entre el peso del aire que originalmente distiende estas cavidades y la del líquido que ahora las llena. Esta diferencia es suficiente para causar que el cuerpo se hunda, como regla general; pero es insuficiente en el caso de individuos con huesos pequeños y una cantidad anormal de materia fláccida o grasa. Esos individuos flotan incluso después de ahogarse.

»El cadáver, que supondremos en el fondo del río, permanecerá allí hasta que, por algún medio, su peso específico se vuelva de nuevo menor que la masa de agua que desplaza. Este efecto es producido por la descomposición, pero también por otras causas. El resultado de la descomposición es la generación de gases, que distienden los tejidos celulares y todas las cavidades y proporcionan ese aspecto *hinchado* tan horrible. Cuando esta distensión ha progresado lo suficiente como para que la masa del cadáver se haya incrementado materialmente sin un incremento correspondiente de *masa* o peso, su peso específico se vuelve menor que el del agua desplazada, y en consecuencia hace su aparición en la superficie. Pero la descomposición resulta modificada por innumerables circunstancias, es acelerada o retrasada por innumerables agentes, por ejemplo por el calor o el frío de la estación, por la impregnación mineral o la pureza del agua, por su profundidad, por su fluir o su estancamiento, por la temperatura del cuerpo, por sus infecciones o su ausencia de enfermedades antes de la muerte. Así, es evidente que no podemos asignar ningún período preciso de cuándo el cuerpo flotará de nuevo a causa de la descomposición. Bajo ciertas condiciones este resultado puede producirse al cabo de una hora; bajo otras, puede que no se produzca nunca. Hay infusiones químicas en las cuales el sistema animal puede ser conservado *para siempre* de la corrupción:

el bicloruro de mercurio es una. Pero, además de la descomposición, puede producirse, y generalmente se produce, una generación de gases dentro del estómago a causa de la fermentación acetosa de la materia vegetal (o dentro de otras cavidades por otras causas) suficiente para inducir una distensión que arrastre el cuerpo de vuelta a la superficie. El efecto producido por el disparo de un cañón es el de la simple vibración, que puede liberar el cadáver del blando barro o légamo por el que se encuentra retenido y permitirle ascender a la superficie cuando otros fenómenos lo han preparado ya para hacerlo; o puede vencer la tenacidad de algunas porciones putrefactas de los tejidos celulares, permitiendo que las cavidades se distiendan bajo la influencia de los gases.

»Teniendo así delante de nosotros toda la filosofía de este tema, podemos poner fácilmente a prueba las afirmaciones de *L'Étoile*. "La experiencia ha demostrado —dice este periódico— que los cuerpos ahogados, o arrojados al agua inmediatamente después de su muerte violenta, necesitan de seis a diez días para que se produzca la descomposición suficiente como para arrastrarlos de nuevo a la superficie. Incluso cuando es disparado un cañón sobre un cadáver, y éste se eleva antes de al menos cinco o seis días de inmersión, se hunde de nuevo, si se le abandona a sí mismo."

»Todo este párrafo se nos aparece ahora como un entramado de inconsecuencias e incoherencias. La experiencia *no* demuestra que los "cuerpos ahogados" *necesiten* de seis a diez días para que se produzca la descomposición suficiente para llevarlos de nuevo a la superficie. Tanto la ciencia como la experiencia muestran que el período de su vuelta a la superficie es, y debe ser necesariamente, indeterminado. Si, además, el cuerpo ha ascendido a la superficie a causa de ser disparado un cañón, *no* "se hundirá de nuevo si se le abandona a sí mismo", hasta que la descomposición haya progresado lo suficiente como para permitir que los gases generados escapen. Pero me gustaría llamar su atención a la distinción que se hace entre "cuerpos ahogados" y "cuerpos arrojados al agua inmediatamente después de su muerte violenta".

Aunque el periodista admite la distinción, los incluye a ambos en la misma categoría. Ya he demostrado cómo el cuerpo de un hombre que se ahoga se vuelve específicamente más pesado que su masa de agua, y que no se ahogaría de no ser por su debatir elevando los brazos por encima de la superficie y su intento de inspirar aire cuando se halla debajo de la superficie, que hacen que sus pulmones se llenen de agua en lugar del aire original. Pero este debatir y estos intentos de inspirar aire no se producen si el cuerpo "es arrojado al agua inmediatamente después de su muerte violenta". Así, en esta última instancia, *el cuerpo, como regla general, no se hundirá en absoluto*, un hecho que *L'Étoile* ignora, evidentemente. Cuando la descomposición ha alcanzado un grado extremo, cuando la sangre se ha desprendido en gran medida de los huesos, entonces, pero no *hasta* entonces, perderemos de vista el cadáver.

»Y ahora, ¿qué decir de la argumentación de que el cadáver hallado puede que no sea el de Marie Rogêt porque, tras sólo tres días de haber desaparecido, se halló su cuerpo flotando? Si se ahogó, siendo una mujer, puede que nunca llegara a hundirse en el agua; o, habiéndose hundido, pudo reaparecer en veinticuatro horas o menos. Pero nadie supone que se ahogara; y, habiendo muerto antes de ser arrojada al río, pudo ser hallada flotando desde entonces en cualquier momento.

»Pero, dice *L'Étoile*, "si el cuerpo hubiera sido mantenido en su mutilado estado en la orilla hasta el martes por la noche, se hubiera hallado en esa orilla alguna huella de los asesinos". Aquí al principio resulta difícil percibir la intención del razonador. Pretende anticipar lo que imagina puede ser una objeción a su teoría, es decir, que el cuerpo fue mantenido en la orilla durante dos días, con lo que sufrió una rápida descomposición, *más* rápida que sumergido en el agua. Supone que, de ser éste el caso, *podría* haber aparecido en la superficie el miércoles, y piensa que *sólo* bajo esas circunstancias podría haber aparecido así. En consecuencia se apresura a demostrar que *no fue* mantenido en la orilla; porque, de ser así, "se hubiera hallado en esa orilla alguna huella de los asesinos". Supongo que sonreirá usted ante el *sequi-*

tur. No puede llegar a creer cómo la mera *permanencia* del cadáver en la orilla puede hacer *que se multipliquen las huellas* de los asesinos. Yo tampoco.

»Y el periódico continúa: "Y, además, es altamente improbable que cualquier criminal que hubiera cometido un asesinato como el aquí supuesto arrojara el cuerpo al agua sin ningún peso para mantenerlo hundido, cuando hubiera sido muy fácil tomar esa precaución." ¡Observe aquí la risible confusión de pensamiento! Nadie, ni siquiera *L'Étoile*, discute el crimen cometido *en el cadáver encontrado*. Las marcas de violencia son demasiado obvias. El objetivo de nuestro razonador es simplemente demostrar que este cadáver no es el de Marie. Desea probar que *Marie* no fue asesinada, no que el cadáver no lo hubiera sido. Sin embargo, su observación sólo demuestra el último punto. Hay un cadáver sin ningún peso atado a él. Los asesinos, al arrojarlo al agua, no hubieran dejado de atarle un peso. En consecuencia, no fue arrojado por asesinos. Eso es todo lo que prueba, si es que prueba algo. La cuestión de la identidad ni siquiera es abordada, y *L'Étoile* se ha tomado muchos esfuerzos simplemente para contradecir ahora lo que ha admitido hace sólo un momento. "Estamos perfectamente convencidos —dice— de que el cadáver hallado fue el de una mujer asesinada."

»Y no es éste el único caso, incluso en esta parte del tema, en que nuestro razonador razona contra sí mismo sin quererlo. Su evidente objetivo, ya lo he dicho, es reducir, tanto como sea posible, el intervalo entre la desaparición de Marie y el hallazgo del cadáver. Sin embargo, lo hallamos *insistiendo* en el punto de que ninguna persona vio a la muchacha desde el momento en que abandonó la casa de su madre. "No tenemos ninguna evidencia —dice— de que Marie Rogêt estuviera en la tierra de los vivos después de las nueve de la mañana del domingo 22 de junio." Puesto que esta argumentación es obviamente *ex parte*, debería al menos haber dejado este asunto fuera de la vista; porque si se supiera de alguien que hubiera visto a Marie, digamos el lunes, o el martes, el intervalo en cuestión se hubiera visto mucho más reducido y, por este mismo raciocinio, hubieran disminuido enormemente las posibilidades de que el cadáver fuera el de la modistilla. De todos modos, resulta divertido observar que *L'Étoile* insiste sobre este punto en la completa creencia de que fortalece su argumentación general.

»Examinemos ahora esa parte de la argumentación que hace referencia a la identificación del cadáver por parte de Beauvais. Con respecto al *vello* en el brazo, *L'Étoile* se muestra obviamente solapado. monsieur Beauvais, si no es un idiota, no pudo haber fundado nunca la identificación del cadáver simplemente por el *vello en su brazo*. Ningún brazo está *desprovisto* de vello. La *generalización* de la expresión de *L'Étoile* es una mera perversión de la fraseología del testigo. Éste debió de hablar de alguna *peculiaridad* en el vello. Debía de ser una peculiaridad en su color, cantidad, longitud o situación.

»Dice el periódico: "Su pie era pequeño, como lo son miles de pies. Sus ligas no prueban nada, como tampoco sus zapatos, puesto que zapatos y ligas se venden a docenas. Lo mismo puede decirse de las flores en su sombrero. Una cosa en la que insiste monsieur Beauvais es en que el broche de la liga hallada había sido echado hacia atrás para acortarla. Esto no significa nada; porque muchas mujeres consideran más adecuado llevarse un par de ligas a casa y adaptarlas al tamaño de las piernas que tienen que rodear, antes que probárselas en la tienda donde las compran." Aquí resulta difícil suponer que el razonamiento va en serio. Si monsieur Beauvais, en su búsqueda del cuerpo de Marie, descubrió un cadáver que se correspondía en líneas generales al tamaño y al aspecto de la muchacha desaparecida, pudo llegar a formarse la opinión (sin referirnos en absoluto a la cuestión del vestido) de que había tenido éxito en su búsqueda. Si, además del tamaño y silueta en general, halló en el vello de su brazo un peculiar aspecto que había observado en vida de Marie, su opinión pudo verse legítimamente fortalecida; y el incremento de su seguridad pudo dispararse según la peculiaridad o rareza de dicha marca. Si, siendo pequeños los pies de Marie, los del cadáver también lo eran, el incremento de probabilidades de que el cuerpo fuera el de Marie no sería aritmético, sino altamente geométrico, o acumulativo. Añadamos a todo esto sus zapatos, como los que se sabía que llevaba el día de su desaparición, y aunque estos zapatos "se vendan por docenas", el aumento de probabilidades roza la certeza. Lo que por sí mismo no sería evidencia de identidad se convierte, a través de esta serie de corroboraciones, en la más segura de las pruebas. Admitamos luego que las flores en el sombrero se correspondían con las llevadas por la muchacha desaparecida, y no hará falta seguir buscando más. Si fuera tan sólo *una* flor, ya no seguiríamos buscando; pero, ¿y con dos, o tres, o más? Cada flor sucesiva es una evidencia múltiple, una prueba que no se *añade* a otra prueba, sino que la *multiplica* por cientos o miles. Descubramos ahora, en la fallecida, ligas como las que usaba la viva, y es casi una locura seguir adelante. Pero se descubre que esas ligas están sujetas con el broche echado hacia atrás, exactamente del mismo modo en que las sujetó Marie poco antes de marcharse de casa. Ahora es una locura o una hipocresía dudar. Lo que dice *L'Étoile*, respecto a que este acortamiento de las ligas es algo habitual, no demuestra nada excepto su propia pertinacia en el error. La naturaleza elástica de las ligas de broche es, en sí misma, una demostración de lo *inusual* del acortamiento. Lo que está hecho para ajustar bien raras veces necesita algún ajuste externo. Tuvo que deberse a un accidente, en su sentido más estricto, el que esas ligas de Marie necesitaran el ajuste descrito. Ellas solas hubieran bastado para establecer ampliamente su identidad. Pero no se trata de que se descubriera que el cadáver llevaba las ligas de la muchacha desaparecida, o llevara sus zapatos, o su sombrero, o las flores de su sombrero, o tuviera sus pies, o una marca peculiar en su brazo, o su tamaño y aspecto generales..., es que el cadáver tenía cada uno de estos rasgos *y todos colectivamente*. Si se pudiera probar que el director de *L'Étoile* tenía *realmente* alguna duda bajo todas esas circunstancias, no habría necesidad en su caso de un mandato *de lunatico inquirendo*. Resultaba sagaz, sin embargo, hacerse eco de las habladurías de los leguleyos que, en su mayor parte, se contentan con hacer eco de los preceptos rectangulares de los tribunales. Observaré aquí que buena parte de lo que es rechazado como prueba en un tribunal es la mejor prueba para el intelecto. Porque el tribunal, que se guía por los principios generales de las evidencias, los principios reconocidos y que *están en los libros*, es adverso a aceptar razones particulares. Y esta firme adherencia a los principios, con riguroso desprecio a las conflictivas excepciones, es un modo seguro de alcanzar el *máximo* de verdad alcanzable, en cualquier larga secuencia de tiempo. La práctica, *en conjunto* es, pues, filosófica; pero no es menos cierto que engendra grandes errores individuales[1].

»Respecto a las insinuaciones formuladas contra Beauvais, podrá desecharlas en un suspiro. Ya habrá captado el auténtico carácter de este buen caballero. Es un *entremetido*, con mucho romance y poco ingenio. Cualquiera con esta constitución actuará fácilmente, en una circunstancia de *auténtica* excitación, hasta el punto de hacerse sospechoso a los ojos de los muy sutiles o maliciosos. monsieur Beauvais (como aparece en sus notas) celebró algunas entrevistas personales con el director de *L'Étoile*, y lo ofendió aventurando la opinión de que el cadáver, pese a la teoría del redactor, era efectivamente el de Marie. "Persiste —dice el periódico— en afirmar que el cadáver es el de Marie, pero no puede proporcionar ninguna circunstancia, además de las que ya hemos comentado, que lo haga creíble a los demás." Bien, sin recurrir al hecho de que *nunca* hubiera debido aducirse una evidencia más fuerte "para hacerlo creíble a los demás", se observa que puede comprenderse muy bien que un hombre *crea*, en un caso de este tipo, sin poseer la habilidad necesaria para ofrecer una sola razón que haga creer a una segunda parte. Nada es más vago que las impresiones de la identidad individual. Cada hombre reconoce a su vecino, pero hay pocos

[1] «Una teoría basada en las cualidades de un objeto no podrá desarrollarse de acuerdo con sus fines; y quien dispone los temas en relación con sus causas, dejará de valorarlos según sus resultados. Así, la jurisprudencia de cada nación mostrará que, cuando la ley se convierte en una ciencia y un sistema, deja de ser justicia. Los errores a los que ha conducido a la ley común la ciega devoción a los *principios* de clasificación son claramente visibles observando a menudo cuán la legislatura se ha visto obligada a dar pasos para restablecer la equidad que había perdido este esquema.» — LANDOR. (*N. del A.*)

casos en los cuales alguien esté preparado para *dar una razón* para este reconocimiento. El director de *L'Étoile* no tenía derecho a sentirse ofendido por la creencia no razonada de monsieur Beauvais.

»Las sospechosas circunstancias que le rodean encajan mucho mejor con mi hipótesis del *entremetido romántico* que con la sugerencia de culpabilidad del razonador. Una vez adoptada la interpretación más caritativa, no deberíamos hallar ninguna dificultad en comprender la rosa en el agujero de la cerradura; el "Marie" en la pizarra; el "echar a un lado a los familiares masculinos"; la aversión a permitirles que "vean el cadáver"; el aviso dado a madame B... de que no debía entablar conversación con el gendarme hasta su regreso (el de Beauvais); y, finalmente, su aparente determinación de que "nadie debe tener nada que ver con la investigación excepto él". Me parece incuestionable que Beauvais era un pretendiente de Marie, que ella coqueteaba con él, y que deseaba creer que gozaba de toda su intimidad y confianza. No diré nada más respecto a este punto; y, como las evidencias rechazan por completo la afirmación de *L'Étoile* relativa a la *apatía* por parte de la madre y otros familiares, una apatía que no encaja con la suposición de creer que el cadáver es el de la muchacha perfumista, debemos proceder ahora como si la cuestión de la *identidad* hubiera quedado resuelta a nuestra perfecta satisfacción.

—¿Y qué opina usted —pregunté entonces— de las opiniones de *Le Commerciel*?

—Que, en espíritu, son mucho más dignas de atención que cualquier otra que haya sido promulgada sobre el tema. Las deducciones de las premisas son filosóficas y agudas; pero las premisas, en dos aspectos al menos, se hallan fundadas en una observación imperfecta. *Le Commerciel* desea dar a entender que Marie cayó en manos de alguna pandilla de rufianes de baja estofa no lejos de la puerta de su madre. "Es imposible —argumenta— que una persona tan conocida por miles de conciudadanos como era esa joven hubiera recorrido tres manzanas sin que nadie la hubiera visto." Esto es una idea de un hombre que reside desde hace tiempo en París, un hombre público, y cuyas idas y venidas por la ciudad se han visto limitadas en su mayor parte a las inmediaciones de las oficinas públicas. Es consciente de que *él* raras veces va más lejos de media docena de manzanas de su oficina sin ser reconocido y abordado. Y, sabiendo hasta qué punto conoce a los demás, y los demás lo conocen a él, compara su notoriedad con la de la muchacha perfumista, sin hallar gran diferencia entre ellos, y llega de inmediato a la conclusión de que ella, en sus salidas, será tan reconocida como él. Sólo éste podría ser el caso si sus salidas tuvieran el mismo carácter invariablemente metódico, y dentro del mismo *tipo* de limitada región que la de él. Él se mueve de un lado para otro, a intervalos regulares, dentro de una confinada periferia, que abunda en individuos que se ven impulsados a reconocer su persona a causa del interés de sus ocupaciones en relación con las de ellos. Pero las salidas de Marie puede suponerse que eran, en realidad, más al azar. En este caso en particular, hay que aceptar como lo más probable que siguiera una ruta más distinta de lo habitual. El paralelismo que imaginamos que existió en la mente de *Le Commerciel* sólo puede sostenerse en el caso de dos individuos que atraviesen toda la ciudad. En este caso, y admitiendo que los conocidos de cada uno sean iguales, las posibilidades de encontrar un cierto número de personas conocidas serán iguales. Por mi parte, debo sostener no sólo como posible, sino como mucho más que probable, que Marie pudiera haber seguido, en cualquier momento determinado, cualquiera de las muchas rutas entre su residencia y la de su tía, sin tropezarse con ningún individuo al que conociera o por quien fuera reconocida. Examinando esta cuestión a su luz adecuada, debemos tener muy en cuenta la gran desproporción existente entre las relaciones personales incluso del individuo más conocido de París y la población entera de París.

»Pero sea cual sea la fuerza que parece tener todavía la sugerencia de *Le Commerciel*, se verá muy disminuida cuando tomemos en consideración *la hora* a la cual salió la muchacha. "Las calles estaban llenas de gente cuando salió", dice *Le Commerciel*.

Pero no es así. Eran las nueve de la mañana. A las nueve de la mañana, todos los días de la semana, *con excepción del domingo*, las calles de la ciudad están, es cierto, repletas de gente. A las nueve de la mañana del domingo, la población se halla en su mayor parte dentro de sus casas *preparándose para ir a la iglesia.* Ninguna persona medianamente observadora puede haber dejado de observar el aire peculiarmente desierto de la ciudad, desde las ocho hasta las diez de la mañana de cada fiesta de guardar. Entre las diez y las once las calles están llenas, pero no tan temprano como se ha indicado.

»Hay otro punto en el cual parece existir una deficiencia de *observación* por parte de *Le Commerciel.* "Un trozo de las enaguas de la desgraciada muchacha, de sesenta centímetros de largo por treinta de ancho, fue arrancado y atado debajo de su barbilla y alrededor de su nuca, probablemente para impedir que gritara. Eso lo hizo gente que no llevaba pañuelos." Tanto si esta idea está o no bien fundada, más adelante examinaremos este punto; por "gente que no llevaba pañuelos" el director da a entender la clase más baja de rufianes. Ésos, en cambio, son la descripción misma de la gente que siempre llevará pañuelos, incluso aunque no lleven camisa. Supongo que habrá tenido ocasión de observar lo absolutamente indispensables, en los últimos años, que se han convertido los pañuelos para el perfecto atracador.

—¿Y qué debemos pensar —pregunté— del artículo de *Le Soleil*?

—Que es una gran lástima que su redactor no naciera loro, en cuyo caso se hubiera convertido en el loro más ilustre de su raza. Ha repetido simplemente los distintos detalles de la opinión ya publicada, recogiéndolos, con laudable industria, de este y de ese periódico. "Esos artículos llevaban allí *evidentemente* al menos tres o cuatro semanas, y *no hay duda* de que se ha descubierto el lugar de esa abominable atrocidad." Los hechos comunicados aquí por *Le Soleil* distan mucho de eliminar mis dudas sobre este tema, y los examinaremos con mayor atención más adelante, en conexión con otro apartado del tema.

»Por el momento debemos ocuparnos de otras investigaciones. No puede haber dejado de observar usted la tremenda laxitud del examen del cadáver. De acuerdo, la cuestión de la identidad fue determinada fácilmente, o como menos hubiera debido serlo; pero hay otros puntos a aclarar. ¿Estaba el cadáver *despojado* de alguna manera? ¿Llevaba la fallecida alguna joya consigo cuando salió de su casa? Si era así, ¿estaba todavía en su poder cuando fue encontrada? Son cuestiones importantes absolutamente pasadas por alto; y hay otras de igual importancia que no han merecido mayor atención. Debemos satisfacer nuestra curiosidad investigándolas por nosotros mismos. El caso de Saint-Eustache debe ser reexaminado. No tengo la menor sospecha hacia esta persona; pero procedamos metódicamente. Comprobaremos más allá de toda duda la validez de las declaraciones referentes a sus actividades durante el domingo. Las declaraciones de este tipo son a menudo objeto de engaño. Si no hay nada malo en ellas, apartaremos a Saint-Eustache de nuestras investigaciones. Su suicidio, aunque parezca corroborar las sospechas, en caso de que se halle algún engaño en sus declaraciones, no es, sin la concurrencia de este engaño, nada que deba preocuparnos ni desviarnos de la línea normal de nuestro análisis.

»En lo que le propongo ahora, descartaremos los puntos internos de esta tragedia, y concentraremos nuestra atención en su forma externa. Es un error muy usual, en investigaciones como ésta, limitar la investigación a lo inmediato, con un olvido total de los acontecimientos colaterales o circunstanciales. Es una mala práctica de los tribunales confinar la evidencia y la discusión a los límites de lo aparentemente relevante. Sin embargo, la experiencia ha demostrado, y una auténtica filosofía demostrará siempre, que una gran parte, quizá la mayor porción de la verdad, surge de lo aparentemente irrelevante. Es a través del espíritu de este principio, si no exactamente de su letra, que la ciencia moderna ha decidido *calcular sobre lo imprevisto*. Pero quizá no me comprenda usted. La historia del conocimiento humano ha mostrado de forma ininterrumpida que a los acontecimientos colaterales, o incidentales, o accidentales, debemos los más numerosos y los más valiosos descubrimientos, que a la larga se ha hecho necesario, en cualquier visión prospectiva de mejora, hacer no sólo grandes, sino las más grandes concesiones a las invenciones que surgirán por azar, y completamente al margen de cualquier expectativa. Ya no resulta filosófico basarse en lo que ha sido una visión de lo que ha de ser. El *accidente* es admitido como una parte de la infraestructura. Convertimos el azar en un asunto de cálculo absoluto. Sometemos lo inesperado y lo inimaginable a las *formulæ* matemáticas de las escuelas.

»Repito que no es más que un hecho el que la *mayor* parte de toda verdad nace de lo colateral; y es en concordancia con el espíritu del principio implicado en este hecho que desviaré la investigación, en el presente caso, del hollado y, por ello, infructuoso terreno del acontecimiento en sí a las circunstancias contemporáneas que lo rodean. Mientras usted comprueba la validez de los testimonios, yo examinaré los periódicos de un modo más general del que usted ha llevado a cabo. Hasta este momento sólo hemos reconocido el campo de investigación; pero será muy extraño si un examen completo, como el que propongo, de los papeles públicos, no nos ofrece algunos pormenores que establezcan una *dirección* a nuestras investigaciones.

Siguiendo la sugerencia de Dupin, efectué un escrupuloso examen de las declaraciones. El resultado fue una firme convicción de su validez, y la consecuente inocencia de Saint-Eustache. Mientras tanto mi amigo se ocupó, con lo que me pareció una minuciosidad completamente sin objetivo, en escrutar los distintos periódicos. Transcurrida una semana colocó delante de mí los siguientes extractos:

«Hará unos tres años y medio, causó una alteración muy similar a la presente la desaparición de esta misma Marie Rogêt de la *parfumerie* de monsieur Le Blanc, en el Palais Royal. A la semana, sin embargo, reapareció en su *comptoir* habitual, como siempre, con excepción de una ligera palidez no muy usual en ella. Monsieur Le Blanc y su madre indicaron que simplemente había ido a visitar a unos amigos en el campo; y el asunto no tardó mucho en olvidarse. Suponemos que la ausencia actual es un capricho de la misma naturaleza y que, transcurrida una semana, o quizás un mes, la tendremos de nuevo entre nosotros.» — *Evening Paper*[1], lunes 23 de junio.

«Un periódico de la tarde de ayer se refiere a una misteriosa desaparición anterior de mademoiselle Rogêt. Es bien sabido que, durante la semana de su ausencia de la *parfumerie* de Le Blanc, estuvo en compañía de un joven oficial de la marina, muy conocido por sus libertinas costumbres. Se supone que una pelea la devolvió providencialmente a casa. Tenemos el nombre del libertino en cuestión, que en la actualidad se halla destacado en París, pero por obvias razones nos abstenemos de hacerlo público.» — *Le Mercure*[2], mañana del martes 24 de junio.

«Una horrible atrocidad fue perpetrada anteayer en las inmediaciones de esta ciudad. Un caballero, con su esposa e hija, contrataron, hacia el anochecer, los servicios de seis jóvenes, que estaban remando ociosamente en una barca arriba y abajo cerca de las orillas del Sena, para que los trasladaran al otro lado del río. Al alcanzar la orilla opuesta, los tres pasajeros desembarcaron, y estaban ya fuera de la vista de la barca cuando la hija descubrió que se había dejado en ella su sombrilla. Regresó en su busca, fue asaltada por la pandilla, arrastrada hasta el río, amordazada, tratada brutalmente, y al fin llevada a la orilla en un lugar no muy lejano de donde había tomado al principio la barca con sus padres. Hasta el momento los villanos han escapado, pero la policía está tras su rastro y algunos de ellos serán detenidos próximamente.» — *Morning Paper*[3], 25 de junio.

«Hemos recibido una o dos comunicaciones, cuyo objetivo es acusar a Mennais[4] de la reciente atrocidad; pero puesto que este caballero ha sido completamente exonerado tras la investigación oficial, y puesto que las argumentaciones de nuestros distintos

1 *New York Express. (N. del A.)*
2 *New York Herald. (Ídem.)*
3 *New York Courier and Inquirer. (Ídem.)*
4 Mennais fue uno de los primeros sospechosos arrestados, pero fue liberado ante la absoluta falta de pruebas. (*Ídem.*)

corresponsales parecen tener más celo que profundidad, no creemos aconsejable hacerlas públicas.» —*Morning Paper*[1], 28 de junio.

«Hemos recibido por escrito varias comunicaciones enérgicas al parecer procedentes de varias fuentes, y que hasta el momento nos impulsan a aceptar como un hecho cierto que la infortunada Marie Rogêt ha sido víctima de una de las numerosas bandas de canallas que los domingos infestan los alrededores de la ciudad. Nuestra propia opinión se halla decididamente a favor de esta suposición. En breve efectuaremos todo lo necesario para hacer partícipes a nuestros lectores de estas argumentaciones.» — *Evening Paper*[2], martes 31 de junio.

«El lunes, uno de los barqueros adscritos al servicio de aduanas vio una barca vacía flotando Sena abajo. Las velas yacían en el fondo de la barca. El barquero la remolcó hasta la oficina de navegación. A la mañana siguiente fue retirada de allí, sin el conocimiento de ninguno de los funcionarios. El timón se halla ahora en la oficina de navegación.» — *La Diligence*[3], martes 26 de junio.

Tras leer estos varios extractos, no sólo me parecieron irrelevantes, sino que no pude captar ninguna forma en que cualquiera de ellos pudiera relacionarse con el asunto que nos ocupaba. Aguardé alguna explicación de Dupin.

—No es mi intención —dijo— *detenerme* en el primero y el segundo de estos extractos. Los he copiado principalmente para mostrarle la extrema negligencia de la policía que, por lo que he podido comprender del prefecto, todavía no se ha molestado en interrogar bajo ningún aspecto al oficial de la marina aludido. Sin embargo, es mera locura decir que entre la primera y la segunda desaparición de Marie no existe ninguna conexión *concebible*. Admitamos que la primera escapada tuvo como resultado una pelea entre los amantes, y el regreso a casa de la traicionada.

1 *New York Courier and Inquirer.* (N. del A.)
2 *New York Evening Post.* (Ídem.)
3 *New York Standard.* (Ídem.)

Ahora estamos preparados para considerar la segunda *escapada* (si *admitimos* que se trató de nuevo de una escapada) como una renovación de los avances del traidor antes que como el resultado de nuevas proposiciones de un segundo individuo; estamos preparados para considerarla como un "revivir" del antiguo *amour* antes que como el comienzo de uno nuevo. Las posibilidades son diez contra una a que quien se fugó una vez con Marie le propuso fugarse de nuevo, antes que a que la primera proposición fue efectuada por un individuo y la segunda por otro. Y aquí permítame llamar su atención sobre el hecho de que el tiempo transcurrido entre la primera escapatoria segura, y la segunda supuesta, son unos pocos meses más que el período general de los cruceros de nuestros buques de guerra. ¿Vio interrumpida el amante su primera villanía por la necesidad de partir al mar, y aprovechó la primera ocasión de su regreso para renovar sus bajos designios todavía no cumplidos..., o todavía no cumplidos *por él*? Nada sabemos de eso.

»Dirá usted sin embargo que, en el segundo caso, *no* hubo escapatoria tal como la imaginamos. Ciertamente no, pero, ¿estamos preparados a decir que no hubo un intento frustrado? Más allá de Saint-Eustache, y quizá Beauvais, no encontramos galanteadores reconocidos, abiertos, honorables, de Marie. No se dice nada de ningún otro. ¿Quién es entonces el amante secreto, del que los familiares (*al menos la mayoría de ellos*) no saben nada, pero con el que Marie se reúne la mañana del domingo, y en el que confía tan profundamente que no vacila en permanecer con él hasta que descienden las sombras de la noche, entre los solitarios bosquecillos de la Barrière du Roule? ¿Quién es ese amante secreto, pregunto, de quien al menos *la mayoría* de los familiares no saben nada? ¿Y qué significa la singular profecía de madame Rogêt la mañana de la partida de Marie: "Me temo que no voy a ver nunca más a Marie"?

»Pero si no podemos imaginar a madame Rogêt al corriente de los planes de fuga, ¿no podemos por lo menos suponer que éste era precisamente el plan de la muchacha? Al salir de casa, dio a entender que iba a visitar a su tía en la rue des Drômes, y pidió a Saint-Eustache que fuera a buscarla allí al anochecer. A primera vista, este hecho milita fuertemente contra mi sugerencia..., pero reflexionemos. Que ella *se reunió* con un hombre, y cruzó con él el río, llegando a la Barrière du Roule a una hora tan tardía como las tres de la tarde, es algo sabido. Pero, al permitir que la acompañara aquel mismo individuo (*por la razón que fuera, conocida o no de su madre*), tuvo que pensar en su expresada intención cuando salió de casa, y en la sorpresa y sospechas suscitadas en su pretendiente Saint-Eustache cuando éste, al acudir en su busca a la hora señalada en la rue des Drômes, descubriera que no había estado allí y cuando, más aún, al regresar a la *pension* con este alarmante conocimiento, supiera que seguía ausente de casa. Digo que tuvo que pensar en todas estas cosas. Tuvo que prever la preocupación de Saint-Eustache, las sospechas de todos. Es posible que no tuviera intención de regresar para despejar las sospechas; pero esas sospechas tenían que carecer de importancia para ella, si suponemos que *no* pretendía regresar.

»Podemos imaginar así sus pensamientos: "Voy a reunirme con una cierta persona para fugarme con ella, o para cualquier otro propósito conocido sólo por mí. Es necesario que no haya ninguna posibilidad de ser sorprendida, debemos tener tiempo suficiente para eludir toda persecución, así que diré que voy a visitar y a pasar el día con mi tía en la rue des Drômes, y le pediré a Saint-Eustache que no venga a buscarme hasta que oscurezca. De esta forma conseguiré ausentarme de casa durante el período de tiempo más largo posible sin causar sospecha o ansiedad, y ganaré más tiempo que de ninguna otra manera. Si pido a Saint-Eustache que venga a buscarme al anochecer, seguro que no lo hará antes; pero si no le digo nada de que venga a buscarme, mi margen de tiempo para fugarme se verá disminuido, puesto que él esperará que regrese antes, y mi ausencia despertará ansiedad más pronto. Si mi idea fuera *regresar*, si tuviera intención de pasar simplemente unas horas con el individuo en cuestión, no le diría a Saint-Eustache que viniera a buscarme; porque, al hacerlo, *sabría* que yo le había engañado, un hecho que desearía mantener siempre en su ignorancia, marchándome de casa sin notificarle mis intenciones, regresando antes de anochecer, y diciendo entonces que había ido a visitar a mi tía en la rue des Drômes. Pero, puesto que mi idea es no regresar *nunca*, o al menos durante algunas semanas o hasta que haya ocultado algunas cosas, el ganar tiempo es el único punto del que debo preocuparme."

»Habrá observado en sus notas que la opinión más general en relación con este triste asunto es, y fue desde un principio, que la muchacha había sido víctima de *una pandilla* de facinerosos. La opinión popular, bajo ciertas condiciones, no debe dejarse de lado. Cuando surge por sí misma, cuando se manifiesta por sí misma de una forma estrictamente espontánea, debemos considerarla como análoga a esa *intuición* que es la idiosincrasia del hombre genial. En el noventa y nueve por ciento de los casos me inclinaría ante su decisión. Pero es importante que no hallemos huellas palpables de *sugestión*. La opinión tiene que ser rigurosamente *la del público*; y la distinción resulta a menudo demasiado difícil de percibir y de mantener. En el presente caso, me parece que esta "opinión pública" respecto a *una pandilla* ha sido influida por el acontecimiento colateral que se detalla en el tercero de mis extractos. Todo París está excitado por el descubrimiento del cadáver de Marie, una joven muchacha, hermosa y conocida. Este cadáver es hallado mostrando marcas de violencia y flotando en el río. Pero ahora sabemos que, en el mismo período, o más o menos en el mismo período en que se supone que fue asesinada esa muchacha, se perpetró un atropello de naturaleza similar al sufrido por la fallecida, aunque de menor extensión, por parte de una pandilla de jóvenes rufianes, en la persona de una segunda joven. ¿Es sorprendente que el atropello conocido influencie al juicio popular con respecto al no conocido? Este juicio aguardaba una dirección, ¡y el atropello conocido pareció ofrecerla muy oportunamente! Marie fue hallada también en el río, y fue en este mismo río donde se cometió el atropello conocido. La conexión de los dos sucesos era tan evidente, que lo sorprendente hubiera sido que la gente *no hubiera* apreciado la relación. Pero, de hecho, una atrocidad que se sabe que fue cometida, es en todo caso evidencia de que el otro, cometido casi al mismo tiempo, *no fue* cometido así. De hecho hubiera sido un milagro si, mientras una pandilla de rufianes estaba perpetrando, en un lugar determinado, una fechoría así, hubiera otra pandilla similar, en un lugar similar, en la misma ciudad, bajo las mismas circunstancias, con iguales medios y procedimientos, dedicada a cometer una fechoría exactamente del mismo aspecto y precisamente en el mismo período de tiempo. ¿Pero en qué otra cosa, si no en esta maravillosa cadena de coincidencias, nos haría creer la accidentalmente *sugestionada* opinión pública?

»Antes de seguir, consideremos la supuesta escena del asesinato, en el soto de la Barrière du Roule. Este soto, aunque denso, estaba muy cerca de un camino público. Dentro había tres o cuatro grandes piedras, formando una especie de asiento con un respaldo y un escabel. En la piedra superior se descubrieron unas enaguas blancas; en la segunda, un chal de seda. Se hallaron también una sombrilla, guantes y un pañuelo. El pañuelo llevaba el nombre "Marie Rogêt". Había fragmentos de vestido en las ramas de alrededor. La tierra estaba pisoteada, la maleza rota y había evidencias de un forcejeo violento.

»Pese a la aclamación con que este descubrimiento fue recibido por la prensa, y la unanimidad con la que se supuso que indicaba el escenario exacto del atropello, debe admitirse que había algunas buenas razones para la duda. Puede o no puede creerse que *era* el escenario, pero había una excelente razón para dudar. Si el *auténtico* escenario del crimen, como sugería *Le Commerciel*, estaba en las inmediaciones de la rue Pavée Saint-André, los perpetradores del crimen, suponiendo que siguieran residiendo en París, se hubieran sentido naturalmente asaltados por el terror ante el hecho de que la atención pública estuviera dirigida hacia la dirección correcta; y, en ciertas clases de mentes, hubiera surgido de inmediato la sensación de la necesidad de hacer algo para desviar esa atención. Y así, siendo el soto de la Barrière du Roule ya sospechoso, la idea de colocar los objetos allá donde fueron hallados sería una cosa de lo más natural. No hay auténticas pruebas, aunque *Le Soleil* así lo supone, de que las cosas descubiertas allí llevaran más que unos pocos días en el soto; mientras que hay muchas pruebas circunstanciales de que no podían haber permanecido allí, sin atraer la atención, durante los veinte días transcurridos entre el domingo fatal y la tarde en que fueron hallados por los niños. "Estaban completamente apelmazadas y *enmohecidas* —dice *Le Soleil*, adoptando las opiniones de sus predecesores— por la acción de la lluvia. La hierba había crecido alrededor y por encima de algunas de ellas. La seda de la sombrilla era fuerte, pero sus fibras estaban pegadas en el interior. La parte superior, allá donde estaba doblada y plegada, estaba toda *enmohecida*, y se desgarró al ser abierta." Respecto a la hierba que "había crecido alrededor y por encima de algunas de ellas", es evidente que el hecho sólo pudo afirmarse basándose en las palabras y, en consecuencia, en los recuerdos de dos niños pequeños; porque esos niños cogieron las cosas y se las llevaron a casa antes de que fueran vistas por terceras personas. Pero la hierba puede crecer, en especial en clima cálido y húmedo (como lo era durante el período del asesinato) tanto como seis u ocho centímetros en un solo día. Una sombrilla, caída sobre un suelo cubierto de hierba, podría verse en una semana oculta enteramente de la vista por ésta. Y respecto al *enmohecimiento* sobre el que tanto insiste el redactor de *Le Soleil*, que emplea la palabra no menos de tres veces en el breve párrafo citado, ¿no es consciente de la naturaleza de este *moho*? ¿Hay que decirle que se trata de una de las muchas clases de hongos, cuyo rasgo más ordinario es el de desarrollarse y morir en un período de veinticuatro horas?

»Así vemos, tras una primera ojeada, que lo que ha sido más triunfalmente aducido en apoyo de la idea de que los objetos habían permanecido "durante al menos tres o cuatro semanas" en el soto es completamente absurdo, si queremos considerarlo como prueba de ese hecho. Por otra parte, es enormemente difícil creer que esos objetos pudieran haber permanecido en el lugar especificado durante un período más largo que una sola semana, por un período superior al de un domingo al siguiente. Aquellos que saben algo de los alrededores de París, saben de la extrema dificultad de hallar *privacidad*, a menos que uno se aleje a gran distancia de los suburbios. No puede ni imaginarse algo parecido a un rincón inexplorado, o siquiera infrecuentemente visitado, entre sus bosques y sotos. Que cualquier amante de la naturaleza encadenado por su trabajo al polvo y al calor de esta gran metrópolis intente, incluso entre semana, apagar su sed de soledad entre los escenarios de hermosura natural que nos rodean. A cada dos pasos hallará el creciente encanto disipado por la voz y la intrusión personal de algún rufián o pandilla de alborotadores. Buscará intimidad en medio del más denso follaje, pero en vano. Éste es el lugar donde más abundan los desaseados, es aquí donde más profanados son los templos. Con el corazón enfermo, el caminante huirá de vuelta al polucionado París como un pozo de polución menos encenagado. Pero si los alrededores de la ciudad se hallan tan concurridos durante los días laborables de la semana, ¡imagine lo mucho más que lo estarán los festivos! Es especialmente entonces cuando, liberado de las exigencias del trabajo o privado de sus habituales oportunidades de crimen, el truhán urbano va hacia las afueras, no por amor a lo rural, que en el fondo de su corazón desprecia, sino como una forma de escapar de las restricciones y los convencionalismos de la sociedad. Desea menos el aire puro y los verdes árboles que la absoluta *licencia* del campo. Aquí, en el hotel al lado de la carretera, o debajo del follaje de los árboles, se entrega sin ser contemplado por ningún ojo indiscreto, excepto los de sus compañeros, a todos los locos excesos de una falsa alegría, hija de la libertad y del ron. No digo más que lo que ha de resultar obvio a cualquier desapasionado observador, cuando repito que el hecho de que los objetos en cuestión hayan permanecido sin ser descubiertos durante un período superior a una semana, en *cualquier* bosquecillo o soto de las inmediaciones de París, ha de ser considerado como poco menos que milagroso.

»Pero no faltan otros motivos para la sospecha de que los objetos fueron colocados en el soto con la intención de desviar la atención del auténtico escenario de los hechos. Y, primero, déjeme dirigir su atención a la *fecha* del descubrimiento de dichos objetos. Relaciónela con la fecha del quinto extracto que he hecho de los periódicos. Observará que el descubrimiento siguió, casi de forma inmediata, a las urgentes comunicaciones enviadas al vespertino. Estas comunicaciones, aunque distintas, y procedentes al parecer de varias fuentes, tendían todas hacia el mismo punto, es decir, dirigir la atención a *una pandilla* como los perpetradores del atropello, y a las inmediaciones de la Barrière du Roule como su escenario. Por supuesto, la sospecha no es que, como consecuencia de esas comunicaciones o de la atención pública dirigida a ellas, los objetos fueran hallados por los muchachos; pero sí puede ser muy bien que esas cosas no fueran encontradas *antes* por los muchachos por la razón de que no estuvieran antes en el soto; siendo depositados allí solamente en un período posterior como la fecha, o poco antes, de las comunicaciones, por los autores de esas propias comunicaciones.

»Ese soto era singular..., sorprendentemente singular. Era de una densidad fuera de lo común. Dentro de su recinto cercado por la propia naturaleza había tres piedras extraordinarias, *formando un asiento con un respaldo y un escabel.* Y este soto, tan lleno de arte natural, se hallaba en las inmediaciones, *a pocos metros de distancia*, de la morada de madame Deluc, cuyos hijos tenían la costumbre de examinar atentamente la maleza a todo su alrededor en busca de corteza de sasafrás. ¿Hay alguna posibilidad, una entre un millar, de que pasara *algún día* en el que al menos uno de esos chicos no se ocultara en el sombrío salón y se entronizara en su trono natural? Aquellos que duden ante esa posibilidad es que nunca han sido muchachos o han olvidado cómo lo fueron. Repito, resulta extremadamente difícil comprender cómo pudieron permanecer los objetos en aquel lugar sin ser descubiertos durante un período superior a uno o dos días; y por ello hay terreno abonado para la sospecha, pese a la dogmática ignorancia de *Le Soleil*, de que fueron depositados allá donde los hallaron en una fecha comparativamente tardía.

»Pero hay todavía otras y más intensas razones para creer que fueron así depositados, que las que ya he argumentado. Y ahora permítame suplicarle que observe la altamente artificial colocación de los objetos. En la piedra *superior* había unas enaguas blancas; en la *segunda* un chal de seda; dispersos por los alrededores había una sombrilla, unos guantes y un pañuelo que llevaba el nombre "Marie Rogêt". Es exactamente la colocación que establecería de forma natural una persona no muy aguda que deseara disponer los objetos de una forma *natural.* Pero no es en absoluto una colocación *natural.* Me hubiera gustado más ver *todas* las cosas tiradas por el suelo y pisoteadas. En los estrechos límites de aquel bosquecillo sería más bien difícil que las enaguas y el chal mantuvieran su posición sobre las piedras, sometidos al roce constante de muchas personas debatiéndose. "La tierra estaba pisoteada —se dice—, algunas plantas rotas y había evidencias claras de un forcejeo", pero las enaguas y el chal estaban depositados como en una estantería. "Los jirones de ropa desgarrados junto a la maleza tenían unos ocho centímetros de ancho por quince de largo. Una parte era el dobladillo del vestido, y estaba remendado. *Parecían como tiras arrancadas.*" Aquí, inadvertidamente, *Le Soleil* ha empleado una frase demasiado sospechosa. Las prendas, tal como se describe, realmente "parecían como tiras arrancadas"; pero a propósito y a mano. Es uno de los accidentes más raros el que una tira de una prenda sea "arrancada", tal como se describe aquí, por *una zarza.* Por la naturaleza misma de esas telas, una zarza o un clavo que se enganche en ellas las rasga rectangularmente, forma un roto longitudinal en ángulo recto, que culmina en el punto donde ha entrado la zarza o el clavo, pero es muy poco posible concebir que "se arranque" una tira de ella. Nunca he visto nada así, y supongo que usted tampoco. Para *arrancar* una tira de una prenda se necesitan dos fuerzas distintas, en dos direcciones distintas. Si hay dos bordes en la tela, si por ejemplo se trata de un pañuelo y se desea arrancar una tira de él, entonces, y sólo entonces, será suficiente una única fuerza. Pero en el presente caso se trata de un vestido, que sólo presenta un borde. Sería casi un milagro que unas zarzas desgarraran una prenda desde el interior, allá donde no presenta ningún borde, y *una* zarza no lo conseguiría. Pero, aunque se presentara un borde, serían necesarias dos zarzas, que actuaran una en dos direcciones distintas y la otra en una. Y esto en el supuesto de que el borde no presentara un dobladillo. Con un dobladillo, puede descartarse casi por completo. Vemos así los numerosos y grandes obstáculos en la forma en que una tira de tela puede ser "arrancada" por una simple zarza; sin embargo, se nos pide que creamos que no sólo una tira sino varias fueron arrancadas de este modo. "Y una parte —también— *¡era el dobladillo del vestido!*" Otra era *"parte de la falda, pero no el dobladillo"*, ¡es decir, había sido arrancada por completo, por unas zarzas, desde el interior sin bordes del vestido! Digo que esto son cosas que uno puede ser perdonado por no creerlas; sin embargo, tomadas en su conjunto, forman quizás un terreno menos razonable para las sospechas que la sorprendente circunstancia de los artículos dejados en esta maleza por unos *asesinos* que tuvieron la suficiente precaución de pensar en retirar el cadáver. Sin embargo, no me ha captado usted correctamente si supone que mi objetivo es *negar* ese soto como el escenario de la atrocidad. Puede haber sucedido *aquí*, o más posiblemente haber sido un accidente en casa de madame Deluc. Pero, de hecho, éste es un extremo de poca importancia. No estamos intentando descubrir el escenario, sino identificar a los perpetradores del asesinato. Lo que he aducido, pese a su minuciosidad, lo he hecho únicamente con la idea, primero, de mostrarle la temeridad de las rotundas y precipitadas afirmaciones de *Le Soleil*, pero segundo y más importante, de conducirle, por la ruta más natural, a una mayor contemplación sobre la duda de si ese asesinato ha sido o no obra de *una pandilla*.

»Resumiremos esta cuestión con una simple alusión a los desagradables detalles expuestos por el cirujano en la investigación. Sólo baste decir que sus *deducciones*, respecto al número de los rufianes, han sido adecuadamente ridiculizadas como inexactas y totalmente carentes de base por todos los reputados anatomistas de París. No se tata de que el asunto *no pueda* haber ocurrido tal como se ha deducido, sino que no hay ninguna base para esas deducciones, mientras que sí las hay para otras.

»Reflexionemos ahora sobre "las huellas de un forcejeo", y déjeme preguntarle qué se supone que quieren demostrar esas huellas. Una pandilla. Pero, ¿acaso no demuestran más bien la ausencia de una pandilla? ¿Qué *forcejeo* pudo producirse, qué forcejeo tan violento y tan sostenido como para dejar sus "huellas" en todas direcciones, entre una débil e indefensa muchacha y la *pandilla* de rufianes imaginada? Un silencioso aferrar de unos cuantos fuertes brazos y todo habría terminado. Observará aquí usted que los argumentos presentados contra el soto como el escenario de los hechos son aplicables, en gran parte, sólo contra él como la escena de un atropello cometido por *más de un solo individuo*. Si no imaginamos más que *un* violador, podríamos concebir, y sólo concebir, un forcejeo tan violento y tan obstinado como para dejar las "huellas" puestas en evidencia.

»Y más aún. He mencionado ya la sospecha suscitada por el hecho de que los objetos en cuestión fueran *abandonados* en el soto donde fueron hallados. Parece casi imposible que esas pruebas de culpabilidad fueran dejadas accidentalmente en el lugar donde fueron halladas. Hubo la suficiente presencia de ánimo (se supone) como para retirar el cadáver; y sin embargo, una prueba más explícita que el propio cadáver (cuyas facciones hubieran resultado pronto destruidas por la descomposición) fue abandonada llamativamente en el escenario del atropello..., me refiero al pañuelo con el *nombre* de la fallecida. Si fue un accidente, no fue el accidente *de una pandilla*. Podemos imaginar tan sólo el accidente de un individuo. Veamos. Un individuo ha cometido el asesinato. Está solo con el fantasma de su víctima. Se siente abrumado por el cuerpo que yace inmóvil delante de él. La furia de su pasión ha desaparecido, y hay sitio abundante en su corazón para el horror natural del acto cometido. No hay nada de esa confianza que inevitablemente inspira la presencia de otros. Está *a solas* con la muerta. Tiembla y se siente desconcertado. Sin embargo, es necesario librarse del cadáver. Lo lleva al río, pero deja a sus espaldas las otras pruebas de su culpabilidad; porque es difícil, si no imposible, llevar todo el peso de una sola vez, y será fácil regresar en busca de lo que queda. Pero en su afanoso viaje hasta el agua los temores se redoblan en su interior. Los sonidos de la vida acompañan su camino. Una docena de veces oye o cree oír los pasos de un observador. Incluso las luces mismas de la ciudad lo estremecen. Sin embargo, con el tiempo y largas y frecuentes pausas de profunda agonía, alcanza la orilla del río y se desembaraza de su horrible carga, quizá por medio de un bote. Pero *ahora*, ¿qué tesoro del mundo, qué amenaza de venganza, puede impulsar a ese solitario asesino a regresar por aquel duro y peligroso camino hasta el soto y sus recuerdos que hielan la sangre? *No* regresa, y deja que las consecuencias sean las que sean. *No* puede regresar ni aunque quisiera. Su único pensamiento es escapar de inmediato. Da la espalda *para siempre* a aquella terrible maleza, y huye como de una maldición.

»Pero, ¿qué ocurriría con una pandilla? Su número les habría inspirado la confianza necesaria, si de hecho ésta llegara a faltar alguna vez en el pecho del más empedernido miserable; y se supone que las *pandillas* están siempre constituidas por miserables empedernidos. Su número, digo, habría impedido el aturdido e irrazonable terror que he imaginado que paralizó al hombre solo. Podemos suponer un descuido de uno, dos o tres, pero este descuido sería remediado por un cuarto. No hubieran dejado nada a sus espaldas; porque su número les hubiera permitido llevarlo *todo* a la vez. No hubiera sido necesario *regresar*.

»Considere ahora la circunstancia de que, en el vestido del cadáver, cuando fue hallado, "una tira, de unos treinta centímetros de ancho, había sido rasgada hacia arriba desde el dobladillo inferior hasta la cintura, enrollada en tres vueltas alrededor de la cintura, y sujeta por una especie de fuerte nudo en la espalda." Esto se hizo con la evidente finalidad de proporcionar *un asa* por la cual cargar el cuerpo. Pero, ¿hubieran soñado *varios* hombres en recurrir a esto? Para tres o cuatro, los miembros del cadáver les hubieran proporcionado una sujeción no sólo suficiente, sino la mejor posible. El recurso es el de un solo individuo; y nos lleva al hecho de que "entre el soto y el río se hallaron unas cercas derribadas, ¡y el suelo mostraba evidencias de que por él se había arrastrado algún objeto pesado!" Pero, ¿hubieran recurrido *varios* hombres al superfluo trabajo de derribar una cerca, con la finalidad de arrastrar un cadáver que hubieran podido *levantar por encima* de cualquier cerca en un instante? ¿Hubieran varios hombres *arrastrado* un cadáver hasta el punto de dejar huellas evidentes de ello?

»Y aquí debemos referirnos a una observación de *Le Commerciel*; una observación que, en cierta medida, he comentado ya. "Un trozo —dice este periódico— de las enaguas de la desgraciada muchacha, de sesenta centímetros de largo por treinta de ancho, fue arrancado y atado debajo de su barbilla y alrededor de su nuca, probablemente para impedir que gritara. Eso lo hizo gente que no llevaba pañuelos."

»He sugerido antes que un genuino truhán nunca va *sin* un pañuelo. Pero no es este hecho el que señalo ahora especialmente. Que no fue por falta de pañuelo ni para el propósito imaginado por *Le Commerciel* para lo que fue empleado esa banda resulta evidente por el pañuelo abandonado en el soto; y que el objeto no fue "para impedir que gritara" lo demuestra el hecho de que se empleara la tira de tela preferentemente a lo que hubiera sido mucho mejor para esa finalidad. Pero el lenguaje de la investigación habla de la tira en cuestión como que "fue hallada alrededor de su cuello, un tanto suelta, y asegurada con un fuerte nudo". Esas palabras son lo suficientemente vagas, pero difieren materialmente de las de *Le Commerciel*. La tira tenía cuarenta y cinco centímetros de ancho y, en consecuencia, aunque de muselina, formaría una recia banda cuando fuera doblada longitudinalmente. Y doblada así es como fue descubierta. Mi deducción es la siguiente: el solitario asesino, tras haber cargado con el cadáver durante una cierta distancia (ya fuera desde el soto o desde alguna otra parte) por medio del vendaje *atado* a su cintura, halló que el peso, procediendo de este modo, era demasiado para sus fuerzas. Resolvió arrastrar la carga..., las pruebas demuestran que *fue* arrastrada. Con este objetivo a la vista, se hizo necesario atar algo parecido a una cuerda a una de las extremidades. Sería mejor atarlo alrededor del cuello, donde la cabeza impediría que se deslizara. Y el asesino pensó incuestionablemente en la banda alrededor de la cintura. La hubiera usado, de no ser porque estaba enrollada alrededor del cadáver y atada con un fuerte nudo, y no había sido "arrancada por completo" del vestido. Era más fácil arrancar una nueva tira de las enaguas. Lo hizo, la ató alrededor del cuello, y así *arrastró* a la víctima hasta la orilla del río. El hecho de que esta "faja", que sólo pudo obtener con tiempo y esfuerzo y que sólo respondía de forma imperfecta a su necesidad, fuera *empleada*, demuestra que la necesidad de su empleo surgió de circunstancias planteadas en un momento en que el pañuelo ya no estaba disponible, es decir, como hemos imaginado, después de abandonar el soto (si se trataba del soto) y en el camino entre el soto y el río.

»Pero la evidencia, dirá usted, de madame Deluc (!) señala específicamente la presencia de una *pandilla* en las inmediaciones del soto, más o menos en el momento del asesinato. Admito esto. Dudo incluso de que no hubiera una docena de pandillas, como las descritas por madame Deluc, en y por los alrededores de la Barrière du Roule hacia el momento de la tragedia. Pero la pandilla que atrajo la animadversión de madame Deluc, pese a su tardía y muy sospechosa declaración, es la *única* pandilla que es citada por tan honesta y escrupulosa vieja dama como la que se comió sus pasteles y se bebió su brandy, sin siquiera molestarse en pagar. *Et hinc illæ iræ!*

»¿Pero cuál *es* la evidencia exacta de madame Deluc? "Apareció una pandilla de alborotadores que organizaron un gran jaleo, comieron y bebieron sin pagar, siguieron el camino de la joven pareja, regresaron al hotel *hacia el anochecer*, y volvieron a cruzar el río como si tuvieran mucha prisa."

»Esta "mucha prisa" debió de parecer muy extremada a los ojos de madame Deluc, puesto que no dejaba de pensar y de lamentarse de sus pasteles y su cerveza, pasteles y cerveza por los cuales puede que todavía tuviera débiles esperanzas de ser compensada. ¿Por qué, de otro modo, puesto que era *hacia el anochecer*, hubiera hecho hincapié en la *prisa*? No es de extrañar que incluso una pandilla de facinerosos se apresure a regresar a casa cuando hay que cruzar un ancho río en pequeñas barcas, amenaza la tormenta y se acerca la noche.

»Digo *se acerca*, porque la noche todavía no había llegado. Era sólo *hacia el anochecer* cuando la indecente prisa de esos "alborotadores" ofendió los sobrios ojos de madame Deluc. Pero se nos dice que fue aquella misma tarde que madame Deluc, junto con su hijo mayor, "oyó los gritos de una mujer en las inmediaciones del hotel". ¿Y con qué palabras designa madame Deluc el período de la tarde en la cual se oyeron esos gritos? "Fue *poco después de anochecer*", dice. Pero "poco *después* de anochecer" significa, al menos, que ya es *oscuro*, mientras que "*hacia el anochecer*" todavía hay luz del día. Así pues, resulta claro que la pandilla abandonó la Barrière du Roule *antes* de los gritos oídos (?) por madame Deluc. Y, aunque en todas las muchas transcripciones de la declaración, las expresiones en cuestión son empleadas de un modo claro e invariable tal como las he empleado yo en esta conversación con usted, ninguno de los periódicos ni ningún miembro de la policía se ha dado cuenta todavía de esta gran discrepancia.

»Debo añadir un argumento más contra *una pandilla*; pero éste tiene, al menos a mi entender, un peso absolutamente irresistible. Bajo las circunstancias de la gran recompensa ofrecida, y el perdón completo ante cualquier prueba presentada, no es posible imaginar ni por un momento que algún miembro de una pandilla de bajos rufianes, o cualquier grupo de hombres, tarde mucho tiempo en traicionar a sus cómplices. Cada miembro del grupo se ve así enfrentado, más que a la codicia de la recompensa y al ansia de escapar del castigo, al temor de ser traicionado. Así, traiciona ansiosa e inmediatamente antes de que *pueda ser traicionado él*. Que el secreto no haya sido divulgado es la mejor prueba de que se trata, de hecho, de un secreto. Los horrores de esta tenebrosa acción sólo son conocidos por *uno* o dos seres humanos, y por Dios.

»Resumamos ahora los escasos pero seguros frutos de nuestro largo análisis. Hemos llegado a la idea o bien de un fatal accidente bajo el techo de madame Deluc, o de un asesinato perpetrado en el soto en la Barrière du Roule por un amante o, al menos, por una persona íntimamente conocida por la fallecida. Esta persona es de complexión morena. Esta complexión, la forma en que fue "atada" la banda que rodeaba el cuerpo y el "nudo de marino" con que fue atado el cordón del sombrero, apuntan a un marinero. Su asociación con la fallecida, una muchacha alegre pero no abyecta, lo señala como por encima de la categoría de marinero común. Aquí, las bien escritas y urgentes comunicaciones a los periódicos constituyen una buena corroboración. Las circunstancias de la primera escapada, tal como son mencionadas por *Le Mercure*, tienden a unir la idea de este marinero con la del "oficial naval" que se sabe fue el primero en inducir a la desafortunada a cometer su falta.

»Y aquí, muy oportunamente, llega la consideración sobre la prolongada ausencia del hombre de complexión morena. Déjeme hacer una pausa para observar que la complexión de este hombre es oscura, morena; esta cualidad morena no muy común es el *único* punto de coincidencia entre las declaraciones de Valence y madame Deluc. Pero, ¿por qué está este hombre ausente? ¿Fue asesinado por la pandilla? Si es así, ¿por qué sólo hay *huellas* de la *muchacha* asesinada? Cabe suponer que el escenario de las dos acciones fue el mismo. ¿Y dónde está el cadáver? Lo más probable es que los asesinos se desembarazaron de ambos de la misma manera. Pero puede decirse que este hombre vive todavía, y duda de darse a conocer por temor a ser acusado del asesinato. Esta consideración puede pesar sobre él ahora, después de tanto tiempo, puesto que hay pruebas de que fue visto con Marie, pero no tenía ninguna fuerza inmediatamente después de ocurrido el hecho. El primer impulso de un hombre inocente sería denunciar lo ocurrido, y ayudar en la identificación de los rufianes. Esto es lo que hubiera sugerido la *policía*. Había sido visto con la muchacha. Había cruzado el río con ella en un transbordador abierto. Su denuncia de los asesinos hubiera parecido, incluso a un idiota, el único y más seguro medio de librarse de las sospechas. No podemos suponerle, la noche del domingo fatal, inocente y no conocedor de la atrocidad cometida. Sin embargo, sólo bajo tales circunstancias es posible imaginar que no hubiera denunciado, si estaba vivo, a los asesinos.

»¿Y de qué medios disponemos nosotros para alcanzar la verdad? Veremos que esos medios se multiplican y acumulan a medida que avanzamos. Vayamos primero al fondo de este asunto, la primera escapada. Sepamos la historia completa del "oficial", con sus actuales circunstancias, y sus acciones en el momento preciso del asesinato. Comparemos cuidadosamente entre sí las distintas comunicaciones enviadas al periódico vespertino, en las que el objetivo era inculpar a *una pandilla*. Hecho esto, comparemos esas comunicaciones, tanto en lo relativo al estilo como al manuscrito, con los enviados al periódico matutino, en un período anterior, que tan vehementemente insistían en la culpabilidad de Mennais. Y, hecho todo esto, comparemos de nuevo estas distintas comunicaciones con los manuscritos conocidos del oficial. Conozcamos, mediante repetidos interrogatorios tanto a madame Deluc y sus chicos como al conductor del autobús, Valence, algo más del aspecto personal y del comportamiento del "hombre de complexión morena". Estos interrogatorios, hábilmente dirigidos, no fallarán en proporcionar, de alguna de estas partes, información sobre este punto en particular (o sobre otros), información que puede que ni siquiera las mismas partes sean conscientes de que poseen. Y rastreemos ahora *la barca* recogida por el barquero la mañana del lunes 23 de junio, y que fue retirada de la oficina de navegación sin que el oficial de guardia se diera cuenta de ello, y *sin timón*, en algún período anterior al descubrimiento del cadáver. Con la cautela y la perseverancia adecuadas seguiremos infaliblemente el rastro de esta barca; porque no sólo el barquero que la recogió puede identificarla, sino que *el timón se halla a mano*. El timón *de una barca de vela* no sería abandonado sin indagar por alguien que tuviera el corazón tranquilo. Y déjeme hacer aquí una pausa para insinuar una pregunta. No hubo *anuncio* de que se hubiera recogido esta barca. Fue llevada en silencio a la oficina de navegación, y desapareció en medio del mismo silencio. Pero su propietario o usuario, ¿cómo *pudo* ser informado, tan pronto como el martes por la mañana, sin que mediara ningún anuncio, de dónde se hallaba la barca recogida el lunes, a menos que podamos imaginar alguna conexión con la *marina*, alguna conexión personal permanente que le permitiera saber estos pequeños detalles e insignificantes noticias locales?

»Al hablar del asesino solitario arrastrando su carga a la orilla, ya he sugerido la probabilidad de que se procurara *una barca*. Ahora tenemos que comprender que Marie Rogêt *fue* precipitada al agua desde una barca. Éste tiene que ser naturalmente el caso. El cadáver no podía ser confiado a las poco profundas aguas de la orilla. Las peculiares marcas en la espalda y los hombros de la víctima hablan del costillaje del fondo de una barca. Que el cuerpo fuera hallado sin ningún peso corrobora también la idea. Si hubiera sido arrojada desde la orilla se le hubiera atado un peso. Sólo podemos explicar su ausencia suponiendo que el asesino olvidó la precaución de proveerse de él antes de tomar la barca. En el acto de entregar el cadáver a las aguas, debió de observar incuestionablemente este olvido; pero entonces ya no podía ponerle remedio. Era preferible cualquier riesgo a regresar a aquella maldita orilla. Tras librarse de su horrible carga, el asesino se apresuraría hacia la ciudad. Allá, en algún oscuro embarcadero, saltaría a tierra. Pero la barca, ¿la amarraría? Debía de tener demasiada prisa para detalles tales como amarrar una barca. Además, amarrarla al embarcadero sería como dejar señalada una prueba contra él. Su pensamiento natural sería apartar de él, tanto como fuera posible, todo lo que tuviera alguna conexión con su crimen. No sólo huiría del embarcadero, sino que no permitiría que *la barca* permaneciera en él. Seguramente la dejaría a la deriva. Sigamos con nuestras elucubraciones. Por la mañana, se ve sorprendido por el inenarrable horror de descubrir que la barca ha sido recogida y retenida en un lugar que frecuenta diariamente, en un lugar, quizá, que su deber le *obliga* a frecuentar. La noche siguiente, *sin atreverse a pedir el timón*, se la lleva. ¿Dónde *está* ahora esta barca sin timón? Ésa será una de las primeras cosas a descubrir. Con el primer atisbo que tengamos de ella se iniciará el amanecer de nuestro éxito. Esta barca nos guiará, con una rapidez que nos sorprenderá incluso a nosotros mismos, hasta quien la empleó a medianoche de aquel domingo fatal. La corroboración seguirá a la corroboración, y el asesino será rastreado.

[Por razones que no especificaremos, pero que parecerán obvias a muchos lectores, nos hemos tomado la libertad de omitir aquí, de los manuscritos puestos en nuestras manos, la parte que detalla el *seguimiento* de los aparentemente ligeros indicios obtenidos por Dupin. Creemos aconsejable solamente afirmar, en pocas palabras, que se consiguieron los resultados deseados; y que el prefecto cumplió puntualmente, aunque con reluctancia, los términos de su acuerdo con el caballero. El artículo del Sr. Poe concluye con las siguientes palabras (*N. del editor*)]:

Se comprenderá que hablo de coincidencias *y nada más*. Lo que he dicho más arriba sobre este tema debe de ser suficiente. Mi corazón no alberga fe alguna en lo sobrenatural. Ningún hombre racional puede negar que la Naturaleza y Dios son dos. Que también es incuestionable que el último, como creador de la primera, puede controlarla o modificarla a voluntad. Digo "a voluntad", porque la cuestión es de voluntad, y no, como la locura o la lógica han supuesto, de poder. No se trata de que la divinidad *no pueda* modificar sus leyes, sino de que la insultamos imaginando una posible necesidad de modificación. Originalmente, esas leyes fueron elaboradas para abarcar *todas* las contingencias que *podían* yacer en el futuro. Con Dios, todo es *ahora*.

Repito, pues, que hablo de estas cosas sólo como coincidencias. Y más aún: en lo que relato se verá que entre el destino de la infeliz Mary Cecilia Rogers, en todo lo que este destino es conocido, y el de Marie Rogêt hasta una cierta época de su historia, ha existido un paralelismo en la contemplación de esa maravillosa exactitud que hace que la razón se sienta azarada. Digo que todo esto se verá. Pero no supongamos ni por un momento que, siguiendo con la triste narración de Marie desde la época recién mencionada, y trazando hasta su *dénouement* el misterio que la envolvía, mi designio oculto es apuntar a una extensión del paralelismo o incluso sugerir que las medidas adoptadas en París para el descubrimiento del asesino de una modistilla, o medidas fundadas en cualquier raciocinio similar, producirían un resultado similar.

Porque, respecto a la última parte de la suposición, habría que considerar que la más insignificante variación en los hechos de los dos casos daría nacimiento a los más importantes cálculos erróneos, desviando completamente los dos cursos de acontecimientos; de un modo muy parecido a como, en aritmética, un error que, en su individualidad conocida, puede ser inapreciable, produce a la larga, por pura multiplicación en todos los puntos del proceso, un resultado enormemente distante de la realidad. Y, respecto a la primera parte, no debemos dejar de tener en cuenta que el propio cálculo de probabilidades, al que ya me he referido, rechaza toda idea de la extensión del paralelismo; lo rechaza con un positivismo intenso y decidido justo en proporción a cómo ese paralelismo ha sido trazado y es exacto. Ésta es una de esas anómalas proposiciones que, aunque parecen apelar a un pensamiento completamente distinto del matemático, sólo pueden ser abarcadas plenamente por una mente matemática. Nada, por ejemplo, es más difícil que convencer al simple lector general de que el hecho de que un jugador de dados lance dos seises seguidos es causa suficiente para apostar a que en el tercer intento no saldrán dos seises. Una tal sugerencia es normalmente rechazada de inmediato por el intelecto. No se comprende cómo las dos tiradas que ya se han hecho, y que residen ahora absolutamente en el pasado, pueden influenciar la tirada que existe sólo en el futuro. Las posibilidades de lanzar dos seises parecen ser exactamente las mismas que en cualquier otro momento, es decir, sometidas únicamente a la influencia de las distintas otras tiradas que puedan efectuarse con los dados. Y ésta es una reflexión que parece ser tan absolutamente obvia que cualquier intento de controvertirla es recibido con mayor frecuencia con una sonrisa condescendiente que con una respetuosa atención.

No puedo pretender exponer aquí el error implicado —un craso error que huele a agravio— dentro de los límites de que dispongo; y los filósofos no lo necesitan. Puede que sea suficiente decir aquí que forma uno de una serie infinita de errores que surgen en el camino de la razón a través de su propensión a buscar la verdad *en el detalle*.

La carta robada

Nil sapientiæ odiosius acumine nimio.
SÉNECA

En París, justo después de una oscura y tormentosa noche de otoño de 18..., estaba disfrutando yo del doble lujo de la meditación y de una pipa de espuma de mar, en compañía de mi amigo C. Auguste Dupin, en su pequeña biblioteca de la parte de atrás, o sala de lectura, *au troisième* del número 33 de la *rue Dunôt, faubourg Saint-Germain*. Durante al menos una hora habíamos mantenido un profundo silencio, mientras ambos, para un observador casual, estábamos enfrascados intensa y exclusivamente en observar las enroscadas volutas de humo que oprimían la atmósfera de la habitación. Por mi parte, sin embargo, estaba debatiendo mentalmente algunos temas que habían sido objeto de conversación entre nosotros en un período anterior a la velada; me refiero al asunto de la rue Morgue y al misterio relativo al asesinato de Marie Rogêt. Estaba considerando todo aquello como una pura coincidencia cuando la puerta de nuestro apartamento se abrió de par en par y dejó pasar a nuestro viejo amigo, monsieur G..., el prefecto de la policía parisina.

Le dimos una calurosa bienvenida; porque había en aquel hombre un lado divertido además de uno desdeñable, y no lo habíamos visto desde hacía varios años. Estábamos sentados en la oscuridad, y Dupin se levantó ahora con la finalidad de encender una lámpara, pero se sentó de nuevo sin hacerlo cuando G... le dijo que había acudido a consultarnos, o más bien a pedir la opinión de mi amigo, acerca de un asunto oficial que había ocasionado muchos problemas.

—Si es algo que requiere reflexión en algún punto —observó Dupin, absteniéndose de encender la mecha de la lámpara—, será mejor que lo examinemos en la oscuridad.

—Ésa es otra de sus extrañas ideas —dijo el prefecto, que tenía la costumbre de llamar "extraño" a todo lo que estaba más allá de su comprensión, y en consecuencia vivía en medio de una absoluta legión de cosas "extrañas".

—Cierto —dijo Dupin, mientras proporcionaba a su visitante una pipa y empujaba hacia él un confortable sillón.

—¿Y cuál es la dificultad ahora? —pregunté—. Nada en cuestión de asesinatos, espero.

—Oh, no; nada de esta naturaleza. El hecho es que el asunto es *muy* simple, y no tengo la menor duda de que podemos manejarlo suficientemente bien nosotros mismos; pero pensé que a Dupin le gustaría oír los detalles, porque es excesivamente *extraño*.

—Simple y extraño —dijo Dupin.

—Bueno, sí; y no exactamente ninguna de las dos cosas. El hecho es que todos hemos estado muy desconcertados debido a que el asunto *es* tan simple y, sin embargo, nos desconcierta por completo.

—Quizá sea su propia simplicidad la que los arrastra hasta el error —dijo mi amigo.

—¡Vaya tontería que *dice*! —respondió el prefecto, riendo de buen grado.

—Quizás el misterio sea un poco *demasiado* sencillo —observó Dupin.

—¡Oh, Dios de los cielos! ¿Quién ha oído jamás tamaña idea?

—Un poco *demasiado* evidente en sí mismo.

—¡Ja, ja, ja! ¡Ja, ja, ja! ¡Jo, jo, jo! —rugió nuestro visitante, profundamente divertido—. ¡Oh, Dupin, va a hacerme morir de risa!

—¿Cuál *es*, después de todo, el asunto que le preocupa? —pregunté.

—Bien, se lo diré —respondió el prefecto, mientras lanzaba una larga, firme y contemplativa bocanada de humo y se arrellanaba en su sillón—. Se lo diré en pocas palabras; pero, antes de empezar, déjenme advertirles que se trata de un asunto que exige el mayor de los secretos, y que probablemente yo perdería el puesto que ahora ocupo si se supiera que se lo he confiado a alguien.

—Adelante, siga —dije.

—O no —dijo Dupin.

—Bueno, está bien; he recibido información personal, de muy altas esferas, de que un cierto documento de gran importancia ha sido robado de los apartamentos reales. Se conoce al individuo que lo robó; eso está más allá de toda duda; se le vio tomarlo. Se sabe, también, que todavía sigue en su poder.

—¿Cómo se sabe todo esto? —preguntó Dupin.

—Se infiere muy claramente —respondió el prefecto— por la naturaleza misma del documento, y por la no aparición de ciertos resultados que hubieran debido surgir de inmediato si el documento hubiera *ido* más allá de la posesión del ladrón, es decir, si lo hubiera utilizado para el fin que pensaba utilizarlo.

—Sea un poco más explícito —dije.

—Bueno, puedo aventurar en estos momentos que el documento proporciona a su poseedor un cierto poder en un determinado lugar en el cual ese poder es inmensamente valioso. —El prefecto era muy aficionado a la jerga diplomática.

—Sigo sin comprender —dijo Dupin.

—¿No? Bien; la revelación del documento a una tercera persona, cuyo nombre no debe pronunciarse, pondría en cuestión el honor de un cierto personaje de las más altas esferas; y este hecho proporciona al poseedor del documento una ascendencia sobre ese ilustre personaje, cuyo honor y paz se ven así comprometidos.

—Pero esta ascendencia —interpuse— depende de que el ladrón sepa que la persona robada le conoce. ¿Quién se atrevería...?

—El ladrón —dijo G... en voz baja— es el ministro D..., que se atreve a cualquier cosa, tanto a lo que es digno como a lo que es indigno de un hombre. El método del robo no fue menos ingenioso que atrevido. El documento en cuestión, una carta, para ser francos, había sido recibido por la persona robada mientras se hallaba en el *boudoir* real. Mientras lo leía se vio interrumpida repentinamente por la entrada del otro ilustre personaje, de quien deseaba especialmente ocultarla. Tras un apresurado y vano intento de meterla en un cajón, se vio obligada a depositarla, abierta como estaba, sobre una mesa. La dirección, sin embargo, estaba vuelta hacia arriba, de modo que el contenido no quedaba expuesto, por lo que la carta pasó inadvertida. En esta circunstancia entra el ministro D... Sus ojos de lince captan de inmediato el papel, reconocen la letra de la dirección, observan la confusión del personaje al que va dirigida, y adivina su secreto. Tras despachar algunos asuntos oficiales, de forma apresurada como es costumbre en él, saca una carta similar a la que hay sobre la mesa, la abre, finge leerla, y luego la coloca en la mesa muy cerca de la otra. De nuevo conversa, durante unos quince minutos, acerca de asuntos públicos. Finalmente se marcha, tomando de encima de la mesa la carta a la que no tiene derecho. Su legítima propietaria, por supuesto, no se atreve a llamar la atención sobre el acto, en presencia del tercer personaje que tiene a su lado. El ministro se marcha, dejando su propia carta, que carece de toda importancia, sobre la mesa.

—Así pues —dijo Dupin, dirigiéndose a mí— aquí tiene usted precisamente lo que pedía para hacer que la ascendencia sea completa: el ladrón sabe que el robado sabe que él es el ladrón.

—Sí —respondió el prefecto—, y el poder así alcanzado ha sido esgrimido, en los últimos meses, con finalidades políticas, hasta un punto realmente peligroso. La persona robada está absolutamente convencida, cada día, de la necesidad de reclamar su carta. Pero esto, por supuesto, no puede hacerlo abiertamente. En pocas palabras, sumida en la desesperación, me ha confiado a mí el asunto.

—Vaya —dijo Dupin, en medio de una perfecta voluta de humo de su pipa—, supongo que no podría desearse, o siquiera imaginarse, un agente más sagaz.

—Me halaga —respondió el prefecto—, pero es posible que se haya tenido en cuenta esa opinión.

—Resulta claro —dije—, como usted ha observado muy bien, que la carta se halla todavía en posesión del ministro; puesto que es su posesión, y no el empleo de la carta, lo que confiere el poder. Si la emplea, el poder desaparece.

—Cierto —dijo G... asintiendo con la cabeza—, y sobre esta convicción he actuado. Mi primer cuidado fue realizar una búsqueda exhaustiva en el hotel del ministro; y ahí mi principal dificultad fue la necesidad de efectuar el registro sin que él lo supiera. Más allá de cualquier otra cosa, he sido advertido del peligro que resultaría de darle razones de sospechar lo que buscamos.

—Pero —dije— está usted completamente *au fait* de esas investigaciones. La policía parisina ha hecho eso mismo infinidad de veces antes.

—Oh, sí; y por esta razón no desespero. Los hábitos del ministro me proporcionan también una gran ventaja. Frecuentemente se ausenta de su casa toda la noche. Sus sirvientes no son muy numerosos. Duermen a una cierta distancia del apartamento de su amo, y siendo en su mayoría napolitanos, se emborrachan a menudo. Como usted muy bien sabe, tengo llaves que pueden abrir cualquier habitación o armario de París. Durante tres meses no ha pasado ninguna noche durante cuya mayor parte no me haya dedicado a registrar personalmente el hotel de D.... Mi honor está en juego y, para mencionar un gran secreto, la recompensa es enorme. Así que no abandoné la búsqueda hasta que estuve completamente convencido de que el ladrón es un hombre más astuto que yo. Me temo que he investigado cada rincón y cada escondite de la casa en donde podría estar oculto el documento.

—¿Pero no es posible —sugerí— que, aunque la carta se halle en posesión del ministro, como sucede incuestionablemente, éste pueda haberla ocultado en alguna otra parte que no sea su propia casa?

—Esto es difícilmente posible —dijo Dupin—. La peculiar

situación actual de los asuntos en la corte, y en especial las intrigas en las cuales se sabe que está implicado D..., hacen que la disponibilidad inmediata del documento, la posibilidad de ser presentado al instante, sea un punto de casi igual importancia que su posesión.

—¿La posibilidad de ser presentado? —dije.

—Sí, o de ser *destruido* —dijo Dupin.

—Cierto —observé—: el documento ha de estar evidentemente en su casa. En cuanto a que el propio ministro lo lleve encima, podemos considerarlo fuera de toda posibilidad.

—Por completo —dijo el prefecto—. Ha sido asaltado dos veces por presuntos ladrones, y su persona minuciosamente registrada bajo mi propia inspección.

—Hubiera podido ahorrarse esta molestia —dijo Dupin—. Supongo que D... no es en absoluto un estúpido y, por lo tanto tiene que haber previsto esos asaltos como algo inevitable.

—*En absoluto* un estúpido —dijo G... sacudiendo la cabeza—, pero sí un poeta, lo cual lo lleva a tan sólo un paso de la estupidez.

—Cierto —dijo Dupin, tras una larga y pensativa chupada a su pipa de espuma de mar—, aunque yo mismo soy culpable de ciertas versificaciones.

—¿Qué le parece —dije— si nos detalla los particulares de su investigación?

—Bueno, el hecho es que nos tomamos nuestro tiempo, y buscamos *por todas partes*. Tengo una larga experiencia en estos asuntos. Registré todo el edificio, habitación por habitación, dedicando las noches de toda una semana a cada una. Examinamos primero los muebles de cada apartamento. Abrimos todo cajón posible; y supongo, usted debe de saberlo, que para un agente de policía entrenado no existe lo que se llama un cajón "*secreto*". Cualquier hombre que permita que un cajón "secreto" se le escape en una búsqueda de este tipo es un tonto. La cosa es así de clara. Hay una determinada cantidad de volumen, de espacio, a tener en cuenta en cada mueble. Y tenemos reglas exactas. No puede escapársenos ni la quincuagésima parte de una línea. Después nos ocupamos de los sillones. El acolchado fue sondeado con esas agujas largas y finas que me han visto emplear a veces. De las mesas retiramos los tableros.

—¿Por qué?

—A veces el tablero de una mesa, o de otro mueble de similares características, es retirado por la persona que desea ocultar un artículo; luego se vacía más o menos una pata, el artículo es depositado en la cavidad, y el tablero vuelto a colocar en su sitio. La parte inferior de los postes de las camas se emplea también del mismo modo.

—Pero, ¿no puede detectarse la cavidad por el sonido? —pregunté.

—En absoluto si, una vez depositado el artículo, se rellena el hueco con la cantidad suficiente de algodón. Además, en nuestro caso, nos veíamos obligados a actuar sin hacer ruido.

—Pero no han podido retirar, no han podido desmontar *todos* los muebles en los cuales se había podido ocultar la carta de la forma en que ha mencionado. Una carta puede comprimirse en un fino rollo, no muy diferente en forma o espacio a una gruesa aguja de hacer punto, y de este modo se la puede insertar en cualquier travesaño de una silla, por ejemplo. ¿Acaso desmontaron todas las sillas?

—Por supuesto que no; pero hicimos algo mejor: examinamos los travesaños de todas las sillas en el hotel y, por supuesto, los ensamblajes de todo tipo de muebles, con la ayuda de un potente microscopio. Si hubiera habido alguna huella de alteración reciente, no hubiéramos dejado de detectarla al instante. Un simple grano de polvo de una barrena, por ejemplo, hubiera sido tan evidente como una manzana. Cualquier desorden en la cola, una grieta inusual en las uniones de las distintas piezas, hubiera sido suficiente para garantizar la detección.

—Supongo que examinaron los espejos, entre la luna y la base, y registraron las camas y la ropa de cama, así como cortinas y alfombras.

—Evidentemente; y cuando hubimos completado hasta la última partícula de mobiliario de esta forma, entonces examinamos la casa en sí. Dividimos toda su superficie en compartimientos, que numeramos, de modo que ninguno se nos escapara; luego escrutamos cada centímetro cuadrado del lugar, incluidas las dos casas adyacentes, con el microscopio, como antes.

—¡Las dos casas adyacentes! —exclamé—. Se tomaron ustedes una gran cantidad de molestias.

—Lo hicimos; pero la recompensa ofrecida es prodigiosa.

—¿Incluyeron ustedes el *terreno* entre las casas?

—Todo el terreno alrededor de las casas está adoquinado. Comparativamente nos dio pocos problemas. Examinamos el musgo entre los adoquines, y lo hallamos inalterado.

—Por supuesto, miraron entre los papeles de D... y en los libros de su biblioteca.

—Ciertamente; abrimos cada paquete y cada bulto; no sólo abrimos cada libro, sino que pasamos hoja por hoja cada volumen, no contentándonos con sacudirlos, según la costumbre de algunos de nuestros oficiales de policía. También medimos el grosor de cada *cubierta* de libro, con las mediciones más exactas, y aplicamos a cada uno el más celoso escrutinio con el microscopio. Si alguna de las encuadernaciones hubiera sido recientemente manipulada, hubiera sido absolutamente imposible que el hecho hubiera escapado a nuestra observación. Unos cinco o seis volúmenes, recién salidos de manos del encuadernador, fueron cuidadosamente sondeados, longitudinalmente, con las agujas.

—¿Exploraron los suelos debajo de las alfombras?

—Sin duda. Retiramos todas las alfombras, y examinamos las tablas del suelo con el microscopio.

—¿Y el papel de las paredes?

—Sí.

—¿Miraron en los sótanos?

—Lo hicimos.

—Entonces —dije— han calculado ustedes mal, y la carta *no* está en la casa, como suponían.

—Me temo que en esto tiene usted razón —dijo el prefecto—. Y ahora, Dupin, ¿qué me aconseja que hagamos?

—Efectuar una búsqueda *profunda* en la casa.

—Eso es absolutamente inútil —respondió G... con expresión agria—. Estoy tan seguro como que respiro de que la carta no está en el hotel.

—Entonces no tengo ningún consejo mejor que darle —dijo Dupin—. Supongo que posee usted, por supuesto, una descripción exacta de la carta.

—¡Oh, sí! —Y aquí el prefecto, sacando un bloc de notas, procedió a leer en voz alta un minucioso informe del aspecto interno, y especialmente externo, del documento desaparecido. Inmediatamente después de terminar su descripción se marchó, con el espíritu más deprimido del que nunca había visto antes en aquel buen caballero.

Aproximadamente un mes más tarde nos visitó de nuevo, y nos halló ocupados más o menos como la otra vez. Tomó una pipa y un sillón y se enzarzó en una conversación trivial. Finalmente dije:

—Bien, G..., ¿qué hay de la carta robada? Supongo que al final se habrá convencido de que no hay forma de ganarle al ministro.

—Que el diablo le confunda..., sí; efectuamos un nuevo examen, como Dupin sugirió, pero fue trabajo perdido, como yo sabía que sería.

—¿Cuánto era la recompensa ofrecida de la que nos habló? —preguntó Dupin.

—Oh, mucho..., una recompensa *muy* generosa; no me gustaría decir exactamente cuánto, pero una cosa *sí* diré, y es que no me importaría entregar de mi bolsillo un cheque de cincuenta mil francos a cualquiera que pudiera hacerme obtener esta carta. El hecho es que su importancia crece cada día; y últimamente se ha doblado la recompensa. Pero, aunque la triplicaran, ya no puedo hacer más de lo que ya he hecho.

—Bueno, sí —dijo Dupin, arrastrando las palabras entre bocanada y bocanada de su pipa de espuma de mar—. Aunque en realidad..., pienso, mi querido G..., que no se ha esforzado usted al máximo en este asunto. Creo que hubiera debido hacer... un poco más, ¿no?

—¿Cómo? ¿De qué forma?

—Bien —puff, puff—, podría usted —puff, puff— dejarse aconsejar sobre el asunto, ¿eh? —puff, puff, puff—. ¿Recuerda la historia que cuentan de Abernethy?

—No; ¡que cuelguen a Abernethy!

—¡Por supuesto!, que lo cuelguen y buen viaje. Pero, en una ocasión, un cierto hombre rico y avaro concibió la idea de conseguir gratis la opinión médica de Abernethy. Con esta finalidad entabló con él una conversación trivial en una reunión privada, e insinuó su caso al médico, como si perteneciera a un individuo imaginario.

»"Supongamos", dijo el avaro, "que estos síntomas son tal y tal; ahora, doctor, ¿qué le mandaría usted que tomase?"

»"¿Que qué le mandaría que tomase?", dijo Abernethy. "¡Oh, le diría que tomase *lo que le aconsejara* su médico, por supuesto!"

—Pero —dijo el prefecto, un poco desconcertado—, *yo* estoy *perfectamente* dispuesto a que me aconsejen, y a pagar por ello. Daría *realmente* cincuenta mil francos a cualquiera que me ayudara en el asunto.

—En ese caso —respondió Dupin, abriendo un cajón y sacando un talonario de cheques—, puede extenderme usted un cheque por la cantidad mencionada. Cuando lo haya firmado, le entregaré la carta.

Me quedé asombrado. El prefecto pareció como golpeado por un rayo. Durante algunos minutos permaneció inmóvil, sin hablar, mirando incrédulo a mi amigo con la boca abierta y los ojos que parecían querer salirse de sus órbitas; luego pareció recobrarse un tanto, tomó una pluma, y tras varias pausas y miradas vacías extendió y firmó finalmente un cheque por cincuenta mil francos, y se lo tendió a Dupin por encima de la mesa. Éste lo examinó cuidadosamente y lo depositó en su cartera; luego, abriendo un *escritoire*, sacó una carta y se la tendió al prefecto. El funcionario jadeó en un perfecto éxtasis de alegría, la abrió con mano temblorosa, echó una rápida ojeada a su contenido y luego, tras batallar por abrir la puerta, salió sin despedirse de la habitación y de la casa, sin pronunciar ni una sílaba desde el momento en que Dupin le dijo que rellenara el cheque.

Cuando se hubo ido, mi amigo empezó a dar algunas explicaciones.

—La policía parisina —dijo— es sumamente hábil, a su manera. Son perseverantes, ingeniosos, astutos y absolutamente versados en los conocimientos que sus deberes parecen exigir principalmente. Así, cuando G... nos detalló su método de búsqueda en el hotel de D..., tuve la completa seguridad de que había efectuado una investigación satisfactoria..., hasta donde se extendía su trabajo.

—¿Hasta donde se extendía su trabajo? —murmuré.

—Sí —dijo Dupin—. Las medidas adoptadas eran no sólo las mejores de su tipo, sino que fueron realizadas con absoluta perfección. Si la carta hubiera sido depositada dentro de los parámetros de su búsqueda, la hubieran encontrado sin la menor duda.

Simplemente me eché a reír, pero él parecía completamente serio en todo lo que decía.

—Las medidas, pues —prosiguió—, eran buenas en su tipo, y bien ejecutadas; su defecto residía en ser inaplicables al caso y al hombre. Hay una serie de recursos muy ingeniosos que son, para el prefecto, una especie de lecho de Procusto, al que adapta por la fuerza sus designios. Pero yerra perpetuamente siendo demasiado profundo o demasiado somero para el asunto que tiene entre manos; y muchos escolares razonan mejor que él. Conocí a uno de unos ocho años, cuyo éxito en adivinar en el juego del "pares o nones" atraía la admiración universal. Este juego es simple, y se juega con canicas. Un jugador guarda en su mano un cierto número de estas canicas, y le pregunta al otro si el número es par o impar. Si éste acierta, gana una; si no acierta, pierde una. El muchacho al que aludo ganaba todas las canicas de la escuela. Por supuesto, tenía un principio de adivinación, que residía en la mera observación y apreciación de la astucia de sus oponentes. Por ejemplo, su oponente es un bobalicón y, alzando la mano cerrada, pregunta "¿Pares o nones?" Nuestro escolar responde "Nones", y pierde; pero en la segunda prueba gana, porque se dice a sí mismo: "El bobalicón ha puesto pares en su primera prueba, y esta cantidad de astucia es suficiente para hacer que ponga nones en la segunda; en consecuencia diré nones"; dice nones, y gana. Ahora bien, con un bobalicón un grado por encima del primero, razonará así: "Este chico ha descubierto que en el primer caso he aventurado nones, y en el segundo caso se propondrá a sí mismo, siguiendo el primer impulso, una simple variación de pares a nones, como hizo el primer bobalicón; pero luego, un segundo pensamiento le sugerirá que se trata de una variación demasiado simple, y finalmente decidirá poner pares como antes. En consecuencia aventuraré pares." Aventura pares, y gana. Este modo de razonamiento en el escolar, que sus compañeros denominan "suerte", ¿qué es, en último análisis?

—Simplemente —dije— una identificación del intelecto del razonador con el de su oponente.

—Exacto —dijo Dupin—; y, cuando le pregunté al muchacho por qué medio había efectuado la *exacta* identificación en la que basaba su éxito, recibí la siguiente respuesta: "Cuando deseo descubrir hasta qué punto alguien es listo, o estúpido, o bueno, o astuto, o cuáles son sus pensamientos en ese momento, moldeo la expresión de mi rostro, tan exactamente como me resulta posible, según la expresión del suyo, y entonces aguardo a ver qué pensamientos o sentimientos brotan en mi mente o en mi corazón, y si encajan o se corresponden con la expresión." Esta respuesta del escolar reside en lo más hondo de la misma profundidad espuria que ha sido atribuida a Rochefoucault, a La Bougive, a Maquiavelo y a Campanella.

—Y la identificación —dije — del intelecto razonador con el de su oponente depende, si lo entiendo bien, de la exactitud con la cual el intelecto del oponente es medido.

—Porque su valor práctico depende de esto —respondió Dupin—, y el prefecto y su cohorte fracasan con tanta frecuencia primero por el fallo en esta identificación, y segundo por su mala medición, o más bien por su no medición, del intelecto al cual se enfrentan. Sólo consideran sus *propias* ideas de ingeniosidad; y, buscando cualquier cosa oculta, sólo reparan en los modos en que *ellos* la hubieran ocultado. Tienen razón en una cosa, en que su ingeniosidad es una fiel representación de la de la *masa*; pero cuando la astucia del individuo felón es distinta en carácter de la suya, el felón les engaña, por supuesto. Esto ocurre siempre cuando se halla por encima de ellos, y muy usualmente cuando se halla por debajo. No tienen ninguna variación de principio en sus investigaciones; en el mejor de los casos, cuando se ven empujados por alguna emergencia inusual, por alguna recompensa extraordinaria, extienden o exageran sus viejos modos de *práctica*, pero sin tocar sus principios. ¿Qué se ha hecho por ejemplo, en este caso de D..., para variar su sistema de acción? ¿Qué son todas estas perforaciones, y sondeos, y búsquedas por el sonido, y escrutinios con el microscopio, y dividir la superficie del edificio en centímetros cuadrados registrados, qué son excepto una exageración *de la aplicación* de un principio o un conjunto de principios de búsqueda que se basan en un conjunto de nociones relativas a la ingeniosidad humana, a las que el prefecto, en la larga rutina del cumplimiento de su deber, se ha acostumbrado? ¿No ve que ha dado por sentado que *todo* hombre procede a ocultar una carta, no exactamente en un agujero perforado en la pata de una silla, pero al menos en *algún* agujero o rincón oculto sugerido por el mismo tipo de pensamiento que impulsa a un hombre a ocultar una carta en un agujero perforado en la pata de una silla? ¿Y no ve también que tales medios de ocultación *recherchés* están adaptados tan sólo a ocasiones ordinarias, y sólo serán adoptados por intelectos ordinarios? Porque, en todos los casos de ocultación, la colocación del artículo ocultado, una colocación de este modo *recherché* es, en primer lugar, presumible y presumida; y así, su descubrimiento no depende en absoluto de la perspicacia, sino del mero cuidado, paciencia y determinación de los buscadores; y donde el caso es importante, o, lo que es lo mismo a los ojos políticos, cuando la recompensa es de magnitud, se sabe que las cualidades en cuestión *nunca* fallan. Comprenderá ahora lo que quiero decir al sugerir que, si la carta robada hubiera sido ocultada en cualquier lado dentro de los límites del examen del prefecto, en otras palabras, si el principio de su ocultación entrara dentro de los principios del prefecto, su descubrimiento hubiera sido inevitable. Este funcionario, sin embargo, se ha visto absolutamente frustrado; y la remota fuente de su derrota reside en la suposición de que el ministro es un estúpido, porque ha adquirido renombre como poeta. Todos los estúpidos son poetas; esto es lo que *cree* el prefecto; y simplemente es culpable de un *no distributio medii* al inferir que todos los poetas son estúpidos.

—¿Pero es realmente un poeta? —pregunté—. Sé que son dos hermanos, y que ambos han alcanzado reputación en las letras. Creo que el ministro ha escrito eruditos tratados sobre cálculo diferencial. Es matemático, no poeta.

—Está usted equivocado; lo conozco muy bien; es ambas cosas. Como poeta *y* matemático, razona bien; como simple matemático, no podría razonar en absoluto, y así se hallaría a merced del prefecto.

—Me sorprende usted con estas opiniones —dije—, que se contradicen con la opinión del mundo. No pretenderá negar una idea bien digerida desde hace siglos. La razón matemática ha sido considerada desde hace mucho tiempo como *la* razón *par excellence*.

—"*Il y a à parier* —respondió Dupin, citando a Chamfort— *que toute idée publique, toute convention reçue, est une sottise, car elle a convenu au plus grand nombre*": Puede apostarse a que toda idea pública, toda convención admitida, es una estupidez, puesto que ha convenido al mayor número. Los matemáticos, se lo garantizo, han hecho todo lo posible por promulgar el popular error al que alude usted, y que no deja de ser un error por el hecho de que haya sido promulgado como una verdad. Con un arte digno de mejor causa, por ejemplo, han insinuado el término "análisis" para su aplicación al álgebra. Son los franceses quienes han originado este engaño en particular; pero si un término tiene alguna importancia, si las palabras derivan algún valor de su aplicabilidad, entonces "análisis" significa "álgebra", más o menos como en latín "*ambitus*" significa "ambición", "*religio*" "religión" u "*homines honesti*" un conjunto de "hombres *honorables*".

—Veo que va a tener usted fuertes disputas con algunos de los algebristas de París —dije—. Pero continúe.

—Impugno la disponibilidad, y por lo tanto el valor, de la razón cultivada en cualquier forma especial distinta a la lógica abstracta. Impugno, en particular, la razón extraída por el estudio matemático. Las matemáticas son la ciencia de la forma y la cantidad; el razonamiento matemático es simplemente la lógica aplicada a la observación de la forma y la cantidad. El gran error reside en suponer que incluso las verdades de lo que se llama álgebra *pura* son verdades abstractas o generales. Y este error es tan enorme que me confunde la universalidad con la cual ha sido recibido. Los axiomas matemáticos *no* son axiomas de una verdad general. Lo que es cierto acerca de *relación*, de forma y cantidad, es a menudo burdamente falso respecto a la moral, por ejemplo. En esta última ciencia muy habitualmente *no* es cierto que las partes agregadas sean iguales al todo. En química el axioma falla también. Falla en la consideración de los motivos; porque dos motivos, cada uno con un valor dado, no tienen necesariamente un valor, cuando son unidos, igual a la suma de sus valores separados. Hay otras numerosas verdades matemáticas que sólo son verdades dentro de los límites de la *relación*. Pero el matemático argumenta a partir de sus *verdades finitas*, por costumbre, como si fueran de una aplicabilidad absolutamente general, como por otra parte el mundo imagina que son. Bryant, en su muy erudita *Mitología*, menciona una fuente análoga de error cuando dice que "aunque nadie cree en las fábulas paganas, lo olvidamos constantemente, y nos referimos a ellas como si fueran realidades que existen". Los algebristas, sin embargo, que son paganos, sí creen en las "fábulas paganas", y les sacan conclusiones, no tanto por un lapso de memoria como por una incomprensible confusión del cerebro. En pocas palabras, todavía no he hallado al matemático en que se pueda tener confianza fuera de sus raíces, o uno que sostenga no clandestinamente como punto de fe que $x^2 + px$ es absoluta e incondicionalmente igual a q. Dígale a uno de esos caballeros, a guisa de experimento, que cree usted que pueden presentarse ocasiones en las cuales $x^2 + px$ resulte *no* ser igual a *q* y, tras hacerle comprender lo que quiere decir con ello, será mejor que se aleje corriendo de su lado, porque sin la menor duda intentará derribarle de un puñetazo.

»Quiero decir —prosiguió Dupin, mientras yo simplemente me echaba a reír ante sus últimas observaciones— que si el ministro no hubiera sido más que un matemático, el prefecto no habría tenido ninguna necesidad de darme este cheque. Yo lo conozco, sin embargo, como matemático y poeta, y mis medidas se adaptaron a esta capacidad, con referencia a las circunstancias por las que estaba rodeado. También lo conocía como un cortesano y un osado *intrigant*. Un hombre así, consideré, no podía dejar de ser consciente de los modos habituales de acción de la policía. No podía dejar de anticipar, y los acontecimientos han demostrado que no dejó de anticiparlos, los escrutinios a los que estaba sometido. Debió de prever, reflexioné, las investigaciones secretas en su casa. Sus frecuentes ausencias durante la noche, que fueron saludadas por el prefecto como una gran ayuda a su éxito, fueron consideradas por mí sólo como *ruses*, ardides para darle a la policía la oportunidad de registrar minuciosamente el lugar, y así conducirles lo antes posible a la convicción a la que G..., de hecho, llegó finalmente, de que la carta no estaba en su casa. También capté que toda esta línea de pensamiento, que he intentado detallarle hace un momento, relativa al principio invariable de la acción policial en la búsqueda de artículos escondidos, había pasado necesariamente por la mente del ministro. Lo cual lo llevó imperativamente a desechar todos los *rincones* habituales de ocultación. *No podía*, reflexioné, ser tan ingenuo como para no ver que el más intrincado y remoto escondrijo de aquel hotel estaría tan abierto como cualquiera de sus más usados cajones a la vista, al sondeo, a las barrenas, a los microscopios del prefecto. En fin, vi que se sentiría impulsado por puro instinto, si no inducido por una deliberada elección, a la *simplicidad*. Recordará quizá lo desesperadamente que se rió el prefecto cuando le sugerí, en nuestra primera entrevista, que era muy posible que este misterio le trastornara tanto debido al hecho de que era *tan* evidente.

—Sí —dije—, recuerdo muy bien su hilaridad. Llegué a pensar que caería presa de convulsiones.

—El mundo material —prosiguió Dupin— abunda con analogías muy estrictas con el inmaterial; y así, el dogma retórico se ve teñido por un cierto color de verdad, hasta el punto que una metáfora, o algo similar, puede verse fortalecida en su argumento además de embellecida en su descripción. El principio de la *vis inertiæ*, por ejemplo, parece ser idéntico en física que en metafísica. No es más cierto en la primera que un cuerpo grande es puesto en movimiento con mayor dificultad que uno más pequeño, y que su *momentum* subsiguiente va acorde con esta dificultad, que lo es en la segunda que los intelectos de mayor capacidad, aunque más vigorosos, más constantes y más extraordinarios que los de grado inferior, son movidos con mayor dificultad, y se muestran más embarazados y llenos de vacilaciones en los primeros pasos de su avance. De nuevo: ¿ha observado alguna vez cuáles de los letreros en las calles, sobre las puertas de las tiendas, son los más atractivos y que más llaman la atención?

—Nunca se me ha ocurrido pensar en ello —dije.

—Hay un juego de habilidad —continuó— que se juega sobre un mapa. Uno de los jugadores le pide a otro que halle una palabra determinada: el nombre de una ciudad, río, estado o imperio, en suma, cualquier palabra, sobre la abigarrada y confusa superficie del mapa. Un novato en el juego busca generalmente poner trabas a sus oponentes dando los nombres que aparecen en las letras más pequeñas en el mapa; pero el versado selecciona palabras que se extienden, en grandes caracteres, de un extremo a otro del mapa. Estas palabras, como los carteles con letras muy grandes en la calle, escapan a la observación por el hecho de ser excesivamente obvios; y aquí la ceguera física a esos nombres es exactamente análoga a la ceguera moral que sufre el intelecto pasando sin reparar en ellas por delante de consideraciones que son demasiado llamativas y demasiado palpablemente evidentes. Pero éste parece que es un punto que se halla algo por encima o por debajo de la comprensión del prefecto. Nunca se le ha ocurrido pensar que es probable, o posible, que el ministro haya depositado la carta debajo mismo de las narices de todo el mundo, a fin de impedir que ninguna parte de este mundo se dé cuenta de ella.

»Pero cuanto más reflexionaba sobre el osado, brillante y hábil ingenio de D..., sobre el hecho de que el documento tenía que estar siempre *a mano*, si pretendía usarlo para sus propósitos, y sobre la decisiva evidencia, obtenida por el prefecto, de que no se hallaba oculto dentro de los límites de la búsqueda ordinaria de ese dignatario, más convencido me sentía de que, para ocultar su carta, el ministro había recurrido al amplio y sagaz recurso de no intentar ocultarla en absoluto.

»Lleno de estas ideas, me agencié un par de gafas verdes y una espléndida mañana, como por accidente, me dejé caer en el hotel ministerial. Hallé a D... en casa, bostezando, haraganeando y perdiendo el tiempo como de costumbre, y fingiendo hallarse en los últimos extremos del *ennui*. Quizá sea el hombre más activo del mundo, pero sólo cuando no le ve nadie.

»Para situarme a su altura, me quejé de mis débiles ojos y lamenté la necesidad de las gafas, bajo cuya protección examiné cuidadosa y completamente el apartamento, mientras fingía estar atento tan sólo a la conversación con mi anfitrión.

»Presté especial atención a un gran escritorio junto al que se sentaba, y sobre el cual había en un desordenado montón algunas cartas variadas y otros papeles, con uno o dos instrumentos musicales y unos cuantos libros. Allí, sin embargo, tras un largo y muy deliberado escrutinio, no vi nada que suscitara ninguna sospecha en particular.

»Al fin, mis ojos, tras revisar toda la habitación, se posaron en un tarjetero de cartón en falsa filigrana que colgaba, sujeto a una sucia cinta azul, de una anilla de latón situada en un punto intermedio de la repisa de la chimenea, por debajo. En el tarjetero, que tenía tres o cuatro compartimientos, había cinco o seis tarjetas de visita y una solitaria carta. Ésta estaba muy sucia y arrugada casi, partida en dos por la mitad, como a propósito, como si alguien hubiera tenido intención de hacerla pedazos por inútil y luego se lo hubiera pensado mejor y la hubiera guardado allí. Tenía un gran sello negro que ostentaba *muy* llamativamente el monograma de D..., y estaba dirigida, con una diminuta letra femenina, a D..., el ministro en persona. Había sido metida descuidadamente, e incluso parecía, desdeñosamente, en una de las divisiones superiores del tarjetero.

»Tan pronto hube visto esta carta llegué a la conclusión de que tenía que ser lo que andaba buscando. Por supuesto, según todas las apariencias, era radicalmente distinta de aquella cuya minuciosa descripción nos había dado el prefecto. Aquí el sello era grande y negro, con el monograma de D...; la otra carta ostentaba un monograma pequeño y rojo, con las armas ducales de la familia S... Aquí, la dirección al ministro era diminuta y femenina; allá el sobrescrito, a un personaje real, era marcadamente decidido; el tamaño era lo único que se correspondía. Pero precisamente lo *radical* de tales diferencias, que eran excesivas; la suciedad; la condición manchada y desgarrada del papel, todo ello era tan inconsistente con los *auténticos* hábitos metódicos de D... que sugería a voz en grito la intención de engañar a todo el mundo dándole una idea del nulo valor del documento; todas estas cosas, junto con la muy llamativa situación del documento, a plena vista de cualquier visitante, y por ello exactamente de acuerdo con las conclusiones a las que había llegado anteriormente; todas esas cosas, digo, corroboraban intensamente las sospechas de cualquiera que hubiese acudido con la intención de sospechar.

»Prolongué mi visita durante tanto tiempo como me fue posible y, mientras sostenía una muy animada discusión con el ministro sobre un tema que sabía muy bien que nunca dejaba de interesarle y excitarle, mantuve mi atención clavada materialmente en la carta. En este examen, grabé en mi memoria su aspecto externo y su colocación en el tarjetero; y así llegué, al cabo de un rato, a un descubrimiento que desechó definitivamente cualquier duda trivial que hubiera podido mantener. Al escrutar los pliegues del papel, observé que estaban más *rozados* de lo que parecía normal. Presentaban el aspecto *roto* que se manifiesta cuando un papel recio, tras haber sido doblado y alisados los pliegues, es doblado de nuevo en el otro sentido, siguiendo los mismos pliegues originales. Aquel descubrimiento fue suficiente. Me resultó claro que se había dado la vuelta a la carta, como si fuera un guante, y había sido redirigida y resellada por el otro lado. Le di los buenos días al ministro y me marché de inmediato, dejando deliberadamente olvidada una caja de rapé de oro sobre la mesa.

»A la mañana siguiente acudí en busca de la caja de rapé, y reanudamos animadamente la conversación del día anterior. En el transcurso de ella, sin embargo, un fuerte ruido, como el disparo de una pistola, se oyó inmediatamente debajo de las ventanas del hotel, seguido por una serie de terribles chillidos y los gritos de una aterrada multitud. D... corrió a la ventana, la abrió y miró fuera. Mientras tanto yo me dirigí al tarjetero, tomé la carta, me la metí en el bolsillo, y la reemplacé por un *fac-simile* (en sus líneas externas generales) que había preparado cuidadosamente en mi casa, imitando el monograma de D... con un sello de miga de pan.

»La alteración en la calle había sido ocasionada por el frenético comportamiento de un hombre con un fusil. Había disparado en medio de una multitud de mujeres y niños. Resultó, sin embargo, que lo había hecho sin bala, y el hombre fue considerado un lunático o un borracho y dejado en libertad. Cuando se hubo marchado, D... regresó de la ventana, donde lo había seguido yo tras asegurarme la posesión del objeto que deseaba. Poco después le dije adiós. El pretendido lunático era un hombre pagado por mí.

—¿Pero cuál era el propósito —pregunté— de reemplazar la carta por un *fac-simile*? ¿No hubiera sido mejor, en la primera visita, haberse apoderado abiertamente de ella y marchado?

—D... —respondió Dupin— es un hombre desesperado, y un hombre nervioso. Su hotel tiene también una serie de servidores devotos a sus intereses. Si hubiera cometido el loco intento que sugiere usted, puede que nunca hubiera abandonado vivo la presencia ministerial. La buena gente de París hubiera dejado de saber por completo de mí. Pero también tenía un objetivo, además de esas consideraciones. Ya conoce usted mis inclinaciones políticas. En este asunto, actúo como partidario de la dama implicada. Durante dieciocho meses el ministro la ha tenido en su poder. Ahora es ella quien lo tiene a él en el suyo, puesto que, desconocedor de que la carta ya no se halla en su posesión, seguirá con sus exigencias como si aún la tuviera. Así se abocará inevitablemente, y de inmediato, a su destrucción política. Su caída, además, será tan precipitada como embarazosa. Está muy bien hablar del *facilis descensus Averni*, pero en todo tipo de ascensiones, como decía Catalani del canto, es mucho más fácil subir que bajar. En el caso actual no siento simpatía, y mucho menos piedad, por quien desciende. Es un *monstrum horrendum*, un hombre genial pero sin principios. Confieso, sin embargo, que me gustaría conocer el carácter exacto de sus pensamientos cuando, tras ser desafiado por la mujer que el prefecto denomina "un cierto personaje", se vea en la obligación de abrir la carta que dejé para él en el tarjetero.

—¿Cómo? ¿Acaso puso algo en particular en ella?

—Bueno..., no me pareció correcto dejar el interior en blanco, eso hubiera sido insultar a D...; en Viena, en una ocasión, me jugó una mala pasada, la cual, le dije, en tono risueño, que no iba a olvidar. Así, puesto que sabía que iba a sentir una cierta curiosidad respecto a la identidad de la persona que le había ganado en astucia de aquel modo, pensé que sería una lástima no darle una clave. Conoce muy bien mi letra, y me limité a copiar en medio de la página en blanco las palabras:

...Un dessein si funeste,
S'il n'est digne d'Atrée, est digne de Thyeste.

»Puede hallarlas usted en el *Atreo* de Crébillon.

Índice